クトゥルフ様がめっちゃ雑に教えてくれる
クトゥルフ神話用語辞典

もくじ

オープニング 3

クトゥルフ神話とは 9

クトゥルフ神話用語 19

ラヴクラフト略伝 28

神話生物の紹介 29

ラヴクラフト略伝 続 142

魔導書と物語の舞台 143

リーダーズガイド 162

ラヴクラフト先生の豆知識 163

名状し難き「あとがき」のようなもの 172

監修者解説 178

おまけ4コマ 180

参考文献一覧 183

太古の地球、人類が誕生する遥か昔――
かつて、地球そして宇宙を支配していた邪悪な存在たちがいた

それは〈 旧支配者 〉と呼ばれる邪神

無限の魔力を持ち、恐ろしく狂気に
満ちた姿をした邪神たち

宇宙のみならず、地球の秘境・廃墟・深海・地下世界に
彼らは善なる存在《 旧神 》により封印されている

誤った判断・好奇心による探求さえしなければ
宇宙に潜む真実など知ることもなく
平穏な日常を送れるだろう

──しかし、彼らは夢を見ながら
またはその名状し難い触手を蠢かせながら
再び星辰が揃い復活する時を待ち望んでいる

ふたたび、支配者となるために

そして、我らのクトゥルフ様もまた・・・
深海都市ルルイエで深い眠りにつきながら

ふたたび地球の支配権を掌握するため

復活を待ちのぞ・・・

ちょっと、クトゥルフ様
寝てたんじゃないんですか？
いや、生贄まだかなって
思って起きた・・・
ダゴン
というか
何、ナレーションしてんの？
布教活動ですよ！
メモ
年々、クトゥルフ神話の知名度は
じわじわと上がっているのに神話のなりたちや
用語がよく分からないという声が多いので質問を
解説してネットにアップしようと考えているのです
このゲームの元ネタ
クトゥルフらしいけど
よく分からん
本がたくさんありすぎて
どれから読めばいいの
クトゥルフ神話って
TRPGから生まれた
神話だよね？
「いあいあ！」って
どういう意味？

なんか楽しそうやん〜
なんなら、その質問とかに答えてあげよか？ヒマやし
え、本当ですか？ありがとうございます!!
ヒマ…

クトゥルフ様がめっちゃ雑に教えてくれる
クトゥルフ神話用語辞典
大いなるクトゥルフ様が人間の質問に答えてクトゥルフ神話について教えてあげよう
雑にやけどな！
（ちょっとムカつくけど）
よろしくお願いします！

クトゥルフ神話とは

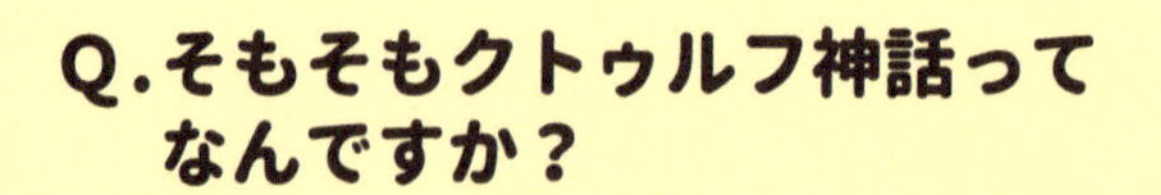

アメリカの偉大なるホラー作家
ハワード・フィリップス・ラヴクラフト先生と
その作家仲間たちの間でお遊び的なノリで
1920年代ごろに生まれた架空の神話体系やで

「このキャラクターええやん～
このアイテム使いたい～」みたいな
作家同士で小説の設定の貸し借りしてたら
いつの間にか出来たんやで

え？いきなり雑すぎ？
ラヴクラフトってだれ？

じゃあ、詳しくはとなりのページで

クトゥルフさまのお答えだけだと
めっちゃ雑すぎるので、ナイショで
こちらに枠を設けました
今後はＴＲＰＧデザイナーで
ライターの朱鷺田祐介先生が
より詳しい解説をしてくれますよ！

ハワード・フィリップス・ラヴクラフト
(1890-1937)
アメリカのロードアイランド州
プロヴィデンスに生まれる
「クトゥルフの呼び声」、「ダゴン」、
「インスマウスの影」、「狂気の山脈にて」など
宇宙的恐怖をテーマにしたホラー小説を
数々と創り出した。
また、作家仲間とのやり取りを
通じてクトゥルフ神話と呼ばれる
ひとつの架空神話が誕生したのは
彼と仲間たちのおかげである
アイスが食べたい・・・
そう?じゃあ、そうするわ
カキカキ
クトゥルフさま「神話のなりたち」については漫画にした方が分かりやすいのでは?
字が小さすぎて読めないっ！

ある日
ハワード君の心は
とても死にそうでした
ち――――ん
1コマ目から
クライマックス!?

なぜなら雑誌に投稿した原稿が
没になったからです…
「あの、つるっ禿の編集長め…」と
ハワード君は思っていました
ギリギリギリ
グシャッ
〈クトゥルフの呼び声〉読みました。没です。ライト
クトゥルフさま、勝手に
気持ちを代弁していませんか?

彼の趣味のひとつはファンや
作家仲間たちとの文通でした
もうイヤだ…
書きたくない…
…
手紙の交流で仲間と絆を深め合ったり
仕事のアドバイスをしたり、「自信作が没になり私は
もう作家としてやっていく自信が無くなりました」など
愚痴をよく聞いてもらっていました

そんな手紙のやりとりの中で
彼の作家仲間からハワード君に
お願いがきました
それはハワード君の作品に登場した
ワードを自分の作品の中にも使いたい
という内容でした

ハワード君はそれを快諾
OK

その作品が雑誌に掲載され
また別の作家仲間はその事に
気が付きました
おや？
これってハワード君の作品に
登場したやつだよな…
なんだか作品同士が繋がっていて
面白いな！
ネクロノミコン
などなど
喰らうものども

作品の繋がりに気付いた作家たちは
面白そうなので自分の作品でも設定を
付け加えて、同じ事をしたくなりました
やりたい!
やりたい!
どんどん
使ってー!
そして、ハワード君と繋がりのある
作家たちは自分の作品の中で創作した
神性やアイテム、場所など様々な設定を
共有し始めました
クトゥルフ神話は作家たちとの
楽しいお遊びとして始まったのです
イダダダダ
オーガスト
ダーレス
F・B・ロング
C・A・スミス
ロバート
ブロック
ロバート・E・ハワード

まだ「クトゥルフ神話」という体系などが
出来上がっているという意識は生まれて
いませんでしたが
ハワード君はシェアワールドの広がりを
ゲーム感覚的なノリで楽しんでいました
邪神たちの
家系図を考えて
みましたの図
びっしり

しかし

ハワード・フィリップス・ラヴクラフト
1937年3月 46歳の若さで亡くなる

ハワード君が亡くなり
皆で楽しくやっていたやりとりは
止まってしまいました

楽しかったやりとりも
止まってしまったなあ・・・

亡き彼のために
詩をつくろう・・・

ハワード君を師匠と慕っていた
ダーレスは手紙を通して彼が
亡くなった事を知った

悲しんでいる場合ではない！
バッ

彼のすばらしい作品を
もっと世に広めなければ!!
スクッ

こうして、ハワード君の作品群は
次第に認知されだし、作家仲間と
創り上げた世界は「クトゥルフ神話」
として名前が付くようになりました

…タコ?

ちゃうで

日本では江戸川乱歩のコラムにより
ハワード君の作品が紹介され
ハワード君は国内でも徐々に知られる
海外のホラー作家となっていきました

「クトゥルフ神話のなりたち」おわり

クトゥルフ神話用語

Q.旧支配者ってなんですか？

地球や宇宙の一部を支配していた
邪神たちのことやで

何十億年前、人類が現れる前は邪神が
地球を支配していたけど、今は人類が
支配してるから・・・

今の支配者じゃないもんね(笑)
って意味で「旧」って付けられてる

しばくぞ、人類

でも、グレート・オールド・ワンって
名前の響きはかっこええから好きやで

クトゥルフ、ハスターなど、クトゥルフ神話に登場する邪神たち、特に、人類以前から地球に存在する邪神、あるいは、「古のもの」のような古代種族を指す言葉。古代地球の支配者という意味で、「旧支配者」と呼ばれるが、原文ではGreat Old Onesと書かれ、何を指しているかは作品によって異なる。

昨今は、「グレート・オールド・ワン」と表記されることが多い。「クトゥルフの呼び声」において、クトゥルフは旧支配者の大司祭というが、意味合いとして、旧支配者よりも下の階層のようにも読める表現である。「ふるぶるしきもの」のように訳されることもある。作品によっては、旧神を指すことすらあるが、おおよそ、クトゥルフなどの邪神を指す。

Q.外なる神ってなんですか？

洒落にならんほど強い上級の邪神たちや
地球以外の場所に封印されている邪神たち
のことやで

さらに、恐ろしい存在で外なる神の王とも
呼ばれる魔王アザトースがいてたりする
外なる神たちも旧神によってどっかに
封印されている場合が多いけど、何故か
ニャルラトテップのみ封印されてないから
好き勝手自由にやってるで

なんでお咎めなしやねん

「アウター・ゴッド」などと呼ばれ、現在は地球以外に封印されている邪神たちの総称で
『クトゥルフ神話TRPG』における用語。

アザトース、ヨグ=ソトースがその筆頭であるが、アザトースはその知性を剥奪されたまま、
眠っており、神々の使者であるニャルラトテップによって、その意志が明らかになるが、それも、
人類からは想像もできない混沌と狂気の論理に基づいて進められる。

外なる神は、グレート・オールド・ワンのうち、地球外にいるより強大なものたちを総称する
上位カテゴリーに近いが、彼らが連合して何かをするということはない。どちらかと言えば、
地球上に、封じられていないということを表わす言葉である。

Q.旧神ってなんですか？

邪神に対抗してる神さまたちの事
旧支配者や外なる神たちをあちこちに
封印したのも、この存在

邪神に遭遇して困っている人間とか
たまーに助けてくれる。でも基本的に
人間に対してあんまり興味がなかったり

邪神や眷属たちにおそわれて
動悸・息切れ・気つけでしんどいって
なったら来てくれるかもな

きゅーしん、きゅうしん

ノーデンス

ヌトセ＝カアンブル

バースト

クタニド

旧支配者と敵対する勢力で、邪神を封印し、その封印を監視している。邪神が解放されたり、
復活しそうになったりした場合には、星の戦士を持って、これを討ち、再び封印する。
グリュ＝ヴォの地から降臨する。旧支配者の邪神たちが信仰されていた古代ムー大陸を滅ぼしたのも、
彼らである。

Q.ゾスの三神ってなんですか？

ワシが地球に飛来する際にゾス星系から
連れてきた連れ子たちのこと

「え、子供いたの？」って？
クトゥルフ様も長生きしてるから、それなりに
色んな人生（？）経験してると思って･･･

ガタノソア、イソグサ、ゾス＝オムモグからなる
三神やけど、妹のクティーラもいてるで

ガタノソア p.74
イソグサ p.76
ゾス＝オムモグ p.78
クティーラ p.80

のページに詳しく紹介されてるで～

Q.「いあ！クトゥルフ」の いあ！ってどういう意味？

ばんざい！やな

「ばんざい！クトゥルフ」みたいな

邪神はこれを言われると
明日もがんばろうって
元気もらえるんやで

「いあ（ia）」と書き、主に、邪神の名前に冠して重ねて「イアイア、ハスター」「いあ、クトゥルフ、フタグン」などのように用いる。ダニエル・ハームズの『エンサイクロペディア・クトゥルフ』によれば、旧支配者や外なる神に対する呼びかけの儀式でよく用いられる言葉で、アクロ語で「われは飢えている」という意味らしい。

もともとは、ギリシア神話のディオニュソス教徒たちが「イアオ！」と叫ぶのをモデルにしている。ディオニュソスは酒の神にして、狂気と演劇の神で、その狂気に触れたものは男女問わず、全裸になって山野を駆け巡り、前にいた者は獣であろうと人間であろうと引き裂いてしまう。なお、「あい、あい」と言う場合もある。

Q.「ふんぐるい むぐるうなふ くとぅるふ
るるいえ うがふなぐる ふたぐん」
ってどういう意味？

HPL「クトゥルフの呼び声」に登場する古代ルルイエ語の儀式呪文。
しばしば、クトゥルフ崇拝の儀式で用いられる。

原文は「Ph'nglui mglw'nafh Cthulhu R'lyeh wgah'nagl fhtagn」で、「死せるクトゥルー、ルルイエの館にて、夢見るままに待ちいたり（In his House at R'lyeh dead Cthulhu waits dreaming）」と訳される。

もともと、人間とは身体構造が異なるクトゥルフの眷属が用いる古代ルルイエ語の呪文を人間の信徒たちが耳で聞いて音を起こしたものとされる。

Q.「ああ！ 窓に！窓に！」ってなんですか？

1917年に書かれた短編小説「ダゴン」に
載っている有名な台詞やで

とある島で遭難してダゴンに遭遇した主人公が
その後、生還したあとに家の窓に何かがいて
思わず出た最後の言葉

窓の外にいたのはダゴンかも知れないし
モルヒネ中毒だった主人公の幻覚かもしれない
とう見方もあるで

ついでに、ダゴンに真相を訊いてみたら
「うやむやな方が素敵じゃないですか」やって

HPL「ダゴン」の最後の台詞。奇怪な手が窓に見えるというもので、
原文は「God, The hand! The Window! The Window!」である。

「ダゴン」(1917)は、最初のクトゥルフ神話作品で、HPL自身、デビュー前だった。
「ダゴン」は後に、「クトゥルフの呼び声」へ発展する海の恐怖の物語であるが、あくまでも、実際にあったことかどうかは明らかでなく、太平洋でドイツ軍の潜水艦に撃沈され、生き残った船乗りが海上で体験した妄想、あるいは、そのPTSDを患い、モルヒネ中毒に陥った兵士の幻覚かもしれない。ダゴンという名前自体は、旧約聖書に出てくるユダヤの敵が信仰する海の神を指す（穀物神、豊穣神とも言われる）。

Q.『クトゥルフ神話TRPG』ってなんですか？

アメリカのゲーム会社ケイオシアム社が制作したテーブルトークRPGやで
ざっくり言うと、クトゥルフ神話の世界の主人公(探索者)みたいになって
みんなで協力して宇宙的恐怖に立ち向かったり、逃げたり、発狂したり
する愉快なゲームやで

神話生物に出会ったり、とにかく怖い目に合ったら、
「正気度ロール」というダイスロールが行われて、出目に
よっては自分の探索者の正気度が減って発狂するで
(ファンブルと呼ばれる致命的失敗が出たら、より
大変なことになったりも・・・)

好きな邪神様にも出会えるかも知れないし
楽しいゲームやから是非、遊んでみてな

アメリカのケイオシアム社が製作したホラーファンタジーTRPG『Call of Cthulhu Roleplaying Game』第六版の日本語版。版元はKADOKAWA/エンターブレイン。ゲーム・デザインはサンディ・ピーターセン。

かつて、第二版から第五版までは、ホビージャパンから『クトゥルフの呼び声』として刊行されていたが、21世紀に入り、エンターブレインで復活する際、名称が変更された。ケイオシアム社が自社のゲームシステムで、%方式と技能を用いる「ベーシック・ロールプレイング・システム」に、恐怖と恐怖への反応を加えている。ホラー系の定番システムとして、長らく楽しまれ、ゼロ年代後半から、動画やオンラインセッションで多用され、TRPGの代名詞のひとつになりつつある。

コラム
「ラヴクラフト略伝」

「クトゥルフ神話の祖」とされるハワード・フィリップス・ラヴクラフト(1890-1937、以下、HPL)は、アメリカ合衆国の作家である。彼はボストンで生まれたが、その人生の大半をロードアイランド州プロヴィデンスという街で過ごした。

アメリカ植民地時代の建物が残る古い地域で、ニューイングランド地の一角にある。HPLは、この街に住む豊かな起業家ウィップル・ヴァン・ブレン・フィリップスの2番目の娘スージー(サラ)・フィリップス・ラヴクラフトと、銀器会社ゴーハム・シルバーの営業マンであったウィンフィールド・スコット・ラヴクラフトの息子として生まれたが、2歳の時、父は突如として、暴力的な狂気にとらわれ、精神病院での治療を余儀なくされた(数年後に死亡)。その結果、HPLは幼少期を本好きの祖父フィリップスの屋敷で育ち、本好きで、好奇心豊かな少年に育った。5歳の頃に、最初の作品を書く一方で、「アラビアン・ナイト」にはまり、屋敷に出入りしていた大人に、アヴドゥル・アルハザードというアラビアっぽい名前をつけてもらう。さらに、神話や科学にも興味を持った。

母親サラの豊かな音楽的な才能を受け継いでいたため、バイオリンを習ったこともあったが、9歳の時、神経症の兆候が出たため、音楽を学ぶことをやめた。近所の悪ガキたちとさまざまな遊びに興じ、自転車で走り回ったり、地下室で秘密のお菓子パーティを開いたりした。ホームズものの少年探偵団を気取っていた。13歳の時には初めての望遠鏡を手に入れ、天文学へと傾倒していく。しかし、1904年、祖父のフィリップスが急死し、彼の事業が頓挫することで、HPLの運命は大きく変わる。

負債を清算するため、屋敷は売られ、HPLと母サラは小さなアパートへ引っ越す。当時、都市部の女性が働くことはあまりなく、サラは夫と父が残した遺産に頼ってラヴクラフトを育てていたが、先行きの不安から心を病むようになり、息子への依存と抑圧を強めていった。HPLはジュニアハイスクールの頃から、『ロードアイランド天文ジャーナル』を刊行するなど早熟の天才として活動していたが、神経症が悪化し、学校に行けなくなり、ハイスクールからドロップアウトする。HPLはなんとか勉学に戻る道を探しつつも、打開策が見つけられないまま、20歳を超えてしまい、一度は小説や詩を書くことすらやめてしまう。しかし、変化のきっかけは意外なところから来た。

22歳をすぎ、やや体調が回復してきたラヴクラフトは1913年、SFファンタジー雑誌『アーゴシイ』の投稿欄で論争を巻き起こした。彼は大人気作家のフレッド・ジャクソンのロマンス小説を「アン女王に捧げる散文」という詩の形で糾弾したのだ。当然のように擁護派との議論になり、投稿欄を使っての論争は1年におよび、最終的に隔離コーナーが作られるほどになった。これをきっかけに、アマチュア作家たちの間で、ラヴクラフトは有名になった。古めかしい言葉と堅苦しい考えを振り回して、人気作家を攻撃する「変な名前の奴」という認識であっただろうが、それでも彼に注目した人々が出た。

ユナイテッド・アマチュア・プレス・アソシエーション(UAPA)の編集委員だったエドワード・F・ダースは、そのひとりで、1914年にラヴクラフトを訪ねていった。UAPAは1890年代に、少年雑誌の投稿欄読者たちが集まって出来たものであったが、この頃、二派に分裂し、若い才能が求められていた。こうして、アマチュア・ジャーナリズムと呼ばれるアマチュアの創作小説の世界に踏み込んだラヴクラフトは、UAPAでの批評部に属することになり、多くの作家と交流していく。ここで、UAPAの会誌に記事や批評を寄稿し、編集にも加わる一方で、再び小説を書き始め、ついには、自ら小説同人誌を製作し始める。その活動を評価され、1917年7月にはUAPAの会長に選ばれる。

この月は最初のクトゥルフ神話作品である「ダゴン」が誕生したタイミングでもある。HPLの会長職は1期2年で終わったが、その後も、UAPAおよびもうひとつのアマチュア・ジャーナリズム団体であるナショナル・アマチュア・プレス・アソシエーション(NAPA)と関わる。

p.142に続く

神話生物の紹介

Q.クトゥルフってなんですか？

(なんですか？って･･･)
今から、4億年ぐらい前にゾス星から
やってきた邪神様やで、地球に引っ越してきて
35億年ローンで深海都市ルルイエを建てました

早く目覚めて、人間どもを滅ぼして、地球を
もっかい支配したいな〜って思っているけど
お星さんが正しい位置にそろわな今はお外に
出られへんから、ダゴンとか深きものどもに
お世話になりながら、ルルイエで寝ながら
毎日、生活してるで

前に(1925年)一回、起きかけたけど
むかつく船に体当たりされて撃沈
その時はたまたま調子がわるかっただけ
やからな！

HPL「クトゥルフの呼び声」に登場し、その他「インスマスの影」など多数の作品で言及される神格。
約4億年前、ゾス星から一族を引き連れてムー大陸に飛来した異星生命体「クトゥルフ」族の大司祭で、
当時、地球を支配していた「旧きもの/エルダー・シングス」と戦い、覇権を争った。

その後、ムー大陸の沈没および旧神との戦いで力を失い、死んだも同然の状態で海底に封じられた。
星辰が正しき場所にある時、海底都市ルルイエとともに蘇るとされている。時折、精神波を送って
敏感なものにその存在を知らしめるため、世界各地の古い神話に影響を与えている。

海底に封じられているため、水底の神とされるが、そこには異なる解釈もある。
クトゥルフ(Cthulhu)は人間の口では正確に発音できないとされ、クトゥルー、クルウルウ、
ク・リトル・リトルなど、さまざまな表記がある。

いけにえ

クトゥルフさま、すみません・・・
実は今日は人間の生贄が用意
出来ていません・・・
ほう・・・

それは許されることでは
ないなあ・・・
ゴゴゴゴゴ

代わりにチョ○パイを
ご用意いたしました

許す

HPL「闇に囁くもの」で言及される神格。もともとはアンブローズ・ビアスの「羊飼いハイタ」や「カルコサの住民」で生み出した異星の神を、ロバート・W・チェンバースが「黄の印」などで、おぞましい戯曲「黄衣の王」に絡めて恐怖の存在にしたものを、HPLが自作の設定に取り入れたもの。この段階では名前だけで外見は曖昧だったが、これをオーガスト・ダーレスが「ハスターの帰還」で取り入れ、クトゥルフのライバル神に設定し、外見はかなり似たものになり、風の属性を持つようになった。

『クトゥルフ神話TRPG』のシナリオで、チェンバースの設定に注目して、黄衣の王がハスターの化身とされるようになった。

大量発生

明日、学校に行きたくないなあ〜
そうだ!

「てるてるハスターさま」を吊ってみよう!!
テテーン

明日、台風が来て学校が休みになりますように・・・

ゴゴゴゴゴ…

Q.ツァトゥグァってなんですか？

サイクラノーシュ（土星の呼び名）から
地球にやってきたモフモフジト目の
腹ペコ旧支配者

自分を崇拝してくれる存在には親切な対応を
してくれる。ピンチのときは「どこでも窓」とか
アイテムを出してくれて、ツァトゥグァの故郷
サイクラノーシュに逃がしてくれたりするで
地球には自力で帰るしか方法はないみたい・・・

クトゥルフ神話に登場する邪神の中では
一番と言っていいほど穏やかな性格してるで

信者から生贄をもらって食べ続けながら
ダラダラと生活を送って・・・いたたたた

C・A・スミスが「サタムプラ・ゼイロスの物語」や「魔道士エイボン」などで生み出した神格で、
古代ハイパーボレアや地底世界ンカイで信仰されていた。

異次元を通り抜けて、別の星からやってきた。ヒキガエルとコウモリをあわせたような外見だが、
これらが世に出る前に、作品を読んだHPLが「闇に囁くもの」や「墳丘の怪」に登場させた上、
自分好みの不定形の怪物にしてしまった。スミス「七つの呪い」に登場した際、届いた生贄を見て、
満足なので他の神に譲るとした風情が印象的で、その後、多くの作家が怠惰で暴食の神として
扱うようになった。

「魔道士エイボン」で土星に奇妙な姿の叔父フジウルクォイグムンズハーがいるなど、
幅広い人脈を持つことが明らかになっている。

ほうび

魔導士エイボンよ
余への貢献の高さを認め
そなたに褒美を与えよう
おお、有り難き幸せです
ツァトゥグァ様!!

一体、どんな褒美が・・・
わく
わく
呪文か?魔道具か?
それとも神の知恵か・・・?

ぎゅっ

・・・まさかのハグ!!
あわわ…
しかし、これはこれで
アリだな!

Q.クトゥグァってなんですか？

炎を司る旧支配者

南うお座の一等星フォーマルハウトに
幽閉されてるで、「生ける炎」と呼ばれる
だけあって見た目はでっかい炎の塊

何故かニャルラトテップが嫌いで
ニャルの住処のひとつ「ンガイの森」を
焼き払うレベルやから、よっぽどやな

かわいそうなニャルはその日から
イースの偉大なる種族の信者たちが
提供してる火災保険に入ったみたい

うわぁあぁ!!!

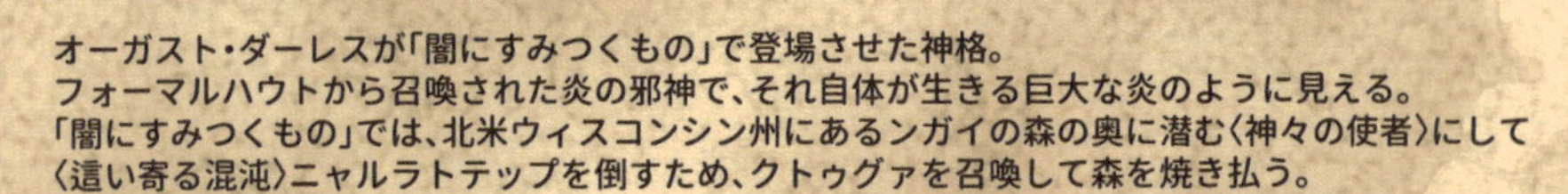

オーガスト・ダーレスが「闇にすみつくもの」で登場させた神格。
フォーマルハウトから召喚された炎の邪神で、それ自体が生きる巨大な炎のように見える。
「闇にすみつくもの」では、北米ウィスコンシン州にあるンガイの森の奥に潜む〈神々の使者〉にして
〈這い寄る混沌〉ニャルラトテップを倒すため、クトゥグァを召喚して森を焼き払う。

もともと、クトゥルフ神話に欠けていた炎の属性の神格を補うために生み出された側面があり、
ニャルラトテップと敵対する以外の個性は強くないが、それゆえに、後継作家によって
アフーム・ザーや、炎の吸血鬼フッサグァと結び付けられるようになった。

なまえ

クトゥグァと
ツァトゥグァって
名前の感じ似てるよな
確かにニャ

ツァトゥグァは
モフモフでジト目の
可愛らしい邪神ニャ
ほわ〜〜ん
ツァトゥグァ

クトゥグァは熱くて
面倒で鬱陶しい邪神ニャ！
ゴゴゴ…
ゴゴ
メキ

フンッ
ボオオ…

Q.深きものってなんですか？

ワシに仕えている奉仕種族たちのこと

完全にお魚の怪人もいてるし、半分人間で
半分お魚のハーフタイプやカエルみたいな
見た目の子もいてるで

インスマウスという村やイハ＝ンスレイと
呼ばれる海底都市にいっぱい住んでる

「深きもの」の血筋の人間はいずれ
彼らのような姿になっていってお顔がお魚や
カエルみたいに変化する事を「インスマウス面」
になるとも言われてるで

クトゥルフ神話の現代辺境ホラーとしての側面を代表する存在。

HPL「インスマウスの影」において言及された海の妖物で、クトゥルフの眷属であり、海中に住まう半ば魚、半ば人のような種族。昔から海岸地域で信仰されていた。寂れた港町インスマウスはマーシュ船長が太平洋の島々から持ち込んだダゴン秘密教団によって支配された後、深きものとの混血をすることにより海の恵みを得られるようになったが、その代わりに、混血した住民たちは、年を取ると、インスマウス面と呼ばれる魚人風の異形に変化していくようになった。人ならぬものとの混血で異形化していくというテーマが人気となり、多くの後継作家が題材として取り上げている。

変貌

ぐっ・・・
まさか、自分の祖先が深きものだったとは・・・

このままでは、私もあの恐ろしい魚の怪人に・・・
げへへへへ

数時間後・・・

予想外に見た目がポップになった・・・
白目

Q.ダゴンとハイドラって なんですか？

ワシに仕えている上級奉仕種族
「深きものども」のリーダー的存在

海底都市ルルイエやイハ＝ンスレイ
で毎日、深きものどもが安全安心に
暮らせるように管理したり、ワシの
お世話とかしてくれてるで

ダゴンはほぼ毎日、顔を合わすけど
ダゴンのガールフレンド、ハイドラは
正直いつも何してるか分からへん・・・

なんでうしろに隠れてんの？

クトゥルフの眷属「深きもの」たちの中でも、長老とされる古き個体で、ダゴン秘密教団では、
父なるダゴン、母なるハイドラと呼ばれ、神として信仰されている。

ダゴンは、もともと、旧約聖書において、ユダヤ人と敵対したペリシテ人の信仰した魚身の神の名前で、
その名前は穀物神を表すとも言われる。HPLが1917年7月に書いた「ダゴン」は最初のクトゥルフ神話作品
とされ、後にHPLの商業デビュー作品となる。その後、「インスマウスの影」で、ハイドラとともに言及される。

巨大な半魚人の姿で描かれることが多く、菊池秀行『妖神グルメ』で原子力空母カール・ヴィンソンに
襲いかかったダゴンは全長200mとされる。

日常

狂って
いいとも!
キャ
キャ

ぐでー
顔パック中

ハイドラちゃん・・・
もう、僕たちの紹介が
はじまっているよ
えっ
バッ
そして紹介へ

Q.ロイガーとツァールってなんですか？

ハスターに仕えている双子の旧支配者
スン高原の地下に幽閉されてるで

チョー＝チョー人と呼ばれる邪悪な
小人の一族に世話をされながら復活を
目論んでいたけど、復活目前に星の戦士
によってボコボコにされました。かわいそ

その後、彼らが生きているのかは不明やけど
邪神なんて滅多に死ぬ存在じゃないし
まあ、どっかで生きてるんとちゃう？

知らんけど

オーガスト・ダーレスがマーク・スコラーとの合作「潜伏するもの」で登場させた忌まわしき双子の神格。星の世界を歩む邪悪な存在とされる。ビルマの奥地にあるスン高原の秘密の都で、チョー＝チョー人という小柄で邪悪な民族によって信仰されている。暗い緑色の小山のように恐ろしい不定形の巨体を持ち、長い触手を持つ。体を震わせて、ホゥホゥと聞こえる声らしきものを発する。

魔法の力で強い風を吹かせる。チョー＝チョー人の手助けを得て、復活を図っていたが、旧神と星の戦士によって滅ぼされたと言われる。ただし、その後、ダーレスは「サンドウィン館の怪」にロイガーを登場させており、この邪神は滅びていないとも言える。

危険な挑発

やいっ！ノーデンス！
旧神 ノーデンス

「バーカバーカ」とハスター様は仰られている！
バーカ
ヒソヒソ

「ヒゲがダサいぞ、バーカ」とも仰られておられる!!
バーカ
ヒソヒソ

幽閉
うわあああん！思ったのはボクたちじゃないのに～!!
兄ちゃん
おなか空いた
ハスターはアルデバラン星に幽閉された

ハスターに仕えている旧支配者

ちょっと人間に似た輪郭をしてる
赤い目の巨人で、北極圏とか地球の
寒い場所とかをうろついてたりするから
比較的、出会いやすい邪神やで

収集癖があるのか、世界中にある
巨大な遺跡のアイテムとか持って
行っちゃう。遭遇した人間とかも
持って行っちゃう。

人間がイタカに捕まると、地球外の
色んなところに連れていかれて
最終的には飽きられてポイって
捨てられるで

オーガスト・ダーレスが生み出した風の神格。

「風に乗りて歩むもの」で、カナダのマニトバで先住民が信仰する巨大な風の神を設定し、〈風に乗りて歩むもの〉、〈歩く死〉などと呼んだ。カナダの北極圏に近いスティルウォーターなどで信仰され、生贄となったものは神に連れられて異界をさまよった後、飽きたら天空から投げ捨てられる。ダーレスは「イタカ」でこの神にイタカという名前をつけ、同じく北米先住民アルゴンキン族が恐れる悪霊ウェンディゴとも結びつけた。

ブライアン・ラムレイは「風神の邪教」、「ボレアの妖月」にイタカを登場させ、旧神の呪いでイタカは北極圏周辺やボレアという異世界にしかいられないという設定を付け加えた。

遭遇

人間だぁ〜
欲しいなぁ〜
しまった…！
イタカに遭遇してしまった！

こ、こっちに来るな！
へ…へっくしゅ！
へっくしゅ！

へっくしゅ！
へっくしゅ！

あれ、立ち去ったぞ…
助かったのかな…？
しっしっ
汚いなぁ

Q.星の精ってなんですか？

宇宙のどっかに棲んでる独立種族

魔道書「妖蛆の秘密」に書かれている
呪文で召還したら来てくれるで

呼んだのに姿が見えへんな〜って思っても
大丈夫。クスクスという気味の悪い笑い声が
聴こえてきたら直ぐそばにいる証拠やで

好物は生き血。血を吸ったら透明やった
姿から触手をぶら下げたゼリー状の姿が
現れるで、血吸うたろか〜

吸われた・・・

ロバート・ブロックが「星から訪れたもの」で作り出した星の世界の吸血鬼。

フランダースの錬金術師ルドウィグ・プリンが著した魔道書「妖蛆の秘密」にある「星の彼方から見えない下僕を招喚する」呪文で呼び出せる（支配できるとは言っていない）。おびただしい触手を持つ透明なゼリー状の生き物で、忌まわしい形状の口と鋭い鉤爪を持つ。
奇妙な笑い声を上げながら、空中から獲物（たいていは、召喚者）を掴み、首筋を鉤爪で切り裂き、血をすする。血を吸うと、その姿は見えるようになる。別名スター・ヴァンパイア。

この短編で殺された被害者、プロヴィデンスに住む好事家の友人のモデルはHPLで、
あらかじめ殺していいか、手紙で許可を得ている。

笑い方

クスクス
クスクス
なあ、星の精・・・

その、クスクス笑うの止めてくれへんかな・・・
ちょっとうるさい

ｗｗｗｗｗｗｗｗｗｗｗｗｗｗｗｗ
(笑)(笑)(笑)(笑)(笑)(笑)(笑)(笑)(笑)
代わりに文字で表現するのも止めて!?

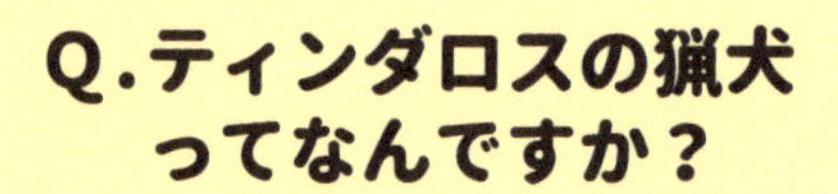

Q.ティンダロスの猟犬ってなんですか？

時間と角が交わる異次元空間に棲む独立種族

遼丹〈リャオタン〉と呼ばれるお薬か
何らかの方法で時間移動したら、この猟犬に
遭遇する可能性があるで、見つかったら
捕まるまで一生、追いかけられる

特徴的なのは、猟犬が出現と移動するときは
必ず角〈かど〉を通して現れることやな
なまこワールドではかなりポメラニアン

見た目かわいいけど中身は一緒やから
モフモフ撫でようとしたら舌のトゲで
ぶっ刺されるで

HPL以外で初めてクトゥルフ神話作品を意識して書いた若手作家フランク・ベルナップ・ロングの生み出した怪物。同名の短編において、時空を越えた視点を得たものは、時空の彼方に存在するこの猟犬に気づかれ、追い回されることになる。ティンダロスの猟犬は世界の不浄を体現する存在であり、「猟犬」というが、哺乳類ですらない。

彼らは世界の外側にいて自由に時空を移動できるが、現実世界に移動する際には必ず、「角度」から出現する。犠牲者の多くは部屋中の角を石膏で埋め尽くし、曲線だけとなった部屋に篭って、身を守ろうとするが、地震によって石膏はひび割れ、その角度の中から出現した猟犬によって殺されてしまう。

しつけ
お手
おかわり
角!!
ドッ
うん
うん
ひょこっ

Q.アトラック＝ナチャってなんですか？
あ〜〜忙しい忙しい!!
人間サイズの巨大な蜘蛛の姿をした旧支配者
ツァトゥグァが棲んでる地球のどこかにある地下世界で毎日、蜘蛛の糸を出しながらあちこちに架け橋を作ってるで
・・・以上。
あんまり紹介することが無いというかなんで、そんなに必死のパッチで架け橋を作ってるんか詳しいことをご本人に聞きたいところやけど、忙しそうやな・・・
C・A・スミスが「七つの呪い」で生み出した蜘蛛の姿をした神格で、ハイパーボレア大陸のヴーアミタドレス山脈の地下深くで、広大な深淵の割れ目にクモ糸の橋を作っている。
ツァトゥグアから生贄が回ってきたが、忙しいので、断るというだけの存在だったが、蜘蛛の姿であることから、その後の作家によって女神という属性が付与され、女郎蜘蛛やアラクネのイメージと合体し、蜘蛛の女神となっていった。「アトラク＝ナクア」とも表記される。
日本人好みの蜘蛛の女神として人気がある。かの深淵を渡る橋が完成した時、どんな災厄が起こるのかは明らかになっていない。

フランク

ツァトゥグァとアトラック＝ナチャは生贄をお裾分けするほど仲が良い
あげる～
プレゼントフォーユー
ありがとー
C・A・スミス「七つの呪い」という作品で邪神同士のほほえましい仲の良さが拝められる

出会い
よろしく～
こちらこそよろしくじゃ

ところで、キミの名前はアトラクナクア？アトラック＝ナチャ？
なんて呼べばい～い～？
ああ、それは・・・どちらでも良いぞ

じゃあナッちゃんで
どちらでもない⁉
まあ、いいぞ！

Q.ゴル＝ゴロスってなんですか？

ハンガリー、ホンジュラス、バル＝サゴス
とかで崇拝されていた旧支配者

見た目や特長とか色々と謎めいている存在。
謎の多い理由は、ゴルちゃん自体はあんまり
活躍したり姿を出すことに興味が無くて
毎日、ゴロゴロしながら生きることを大事に
してるみたい

「Gor-goroth, The Forgotten Old One」
（ゴル＝ゴロス、忘れられた神）って
作品タイトルが生まれても、まったく
気にしていない様子

ほんまいつか、忘れられるで・・・

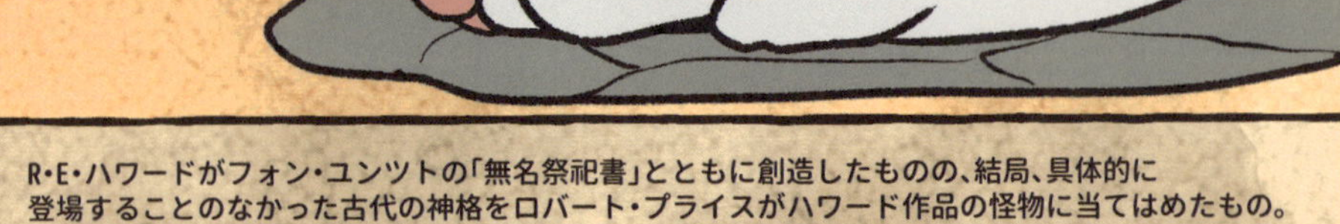

R・E・ハワードがフォン・ユンツトの「無名祭祀書」とともに創造したものの、結局、具体的に
登場することのなかった古代の神格をロバート・プライスがハワード作品の怪物に当てはめたもの。

「黒の碑」に登場する、古代のシュトレイゴカバールで信仰されていた、カエルめいた邪神。
あるいは、「屋根の上に」で墓の神殿に封じられていたミイラの主（あるいはその使い魔）にして
軟体の肉体と翼、大きな蹄を持ち、笑う怪物が、未訳短編「バル＝サゴスの神々」で言及される古代に
信仰されていた邪神ゴル=ゴロスではないかと思われる。

しかし正式な描写はなく、後年、ロバート・プライスが関連性を主張し、TRPG版はそれに従っている。
日本では新熊昇が「黒い碑の魔人」が黒い碑の地下にゴル＝ゴロスを登場させた。

ごろごろ

やっほー
ゴルちゃん
ごろごろ
やっほークトゥちゃん
一緒にゴロゴロしない？

ゴル＝ゴロス
というより…
ええで!!
ゴロ＝ゴロスやな！

ごろごろごろ

ごろごろごろ
え、何これ…

Q.アザトースってなんですか？

「クトゥルフ神話に登場する邪神で一番
強いのって誰よ」って言われたらこのお方
強大な力を持った外なる神の王なんやで

宇宙の果てにある宮殿の玉座に居てるから
「人間、一生会う機会がなくて良かったな」って
感じやな。もちろん、ご本人に会っちゃうと
瞬時に発狂してしまうで

知性がないので、世話係のニャルや宮殿に
いる下級の神々たちの演奏であやしてもらい
ながら暮らしてるで

HPL作品の多くで、しばしば言及される邪神たちの魔王で、沸騰する混沌の中心にして、万物の主とされる。
盲目にして白痴の王であり、時空を超越した宇宙の深奥の玉座で眠り続け、その周囲では、邪神の眷属が
忌まわしき音楽を奏で続けている。ニャルラトテップは、その意志を体現するために生み出された
「神々の使者」と言われている。HPLは狂気のカリフを描いたベックフォードのアラビア風幻想小説
「ヴァテック」を読み、その影響下で「アザトース」を書き始めたとも言われている。

アザトースが目覚めたら、その夢に過ぎないこの世界は終わると言われているが、これはクトゥルフ神話に
大きな影響を与えたロード・ダンセイニの「ペガーナ神話」との混同が元になっていると、思われる。

アザとい

ニャルラトテップは神々の使者として宇宙で起きた出来事などをアザトースに報告する(気が向いたら)
…
しかし、知性がないと言われるアザトースに伝わっているのかは不明

…というわけで今日のご報告は終わりニャバイバイニャ〜
ガーーン…

うっ…
うっ…
ウルウル
そんな顔してももう行くニャ

チッ
お前、絶対に知性持ってるだろ

Q.ヨグ=ソトースってなんですか？

HPL「ダンウィッチの怪」、「チャールズ・ウォードの奇怪な事件」などに登場する神格。
時空を越えた存在で、門にして鍵であり、全にして一、一にして全とも言われる。次元の門の彼方に潜み、地球への浸透を試みているが、存在の本質が異なるため、そのままでは顕現できず、「ダンウィッチの怪」では魔術師の召喚に答えて、魔術師の娘を懐妊させ、自分の分身である落とし子を生ませる。

比較的人間形状に近かった兄弟ウィルバー・ウェイトリーですら、山羊と人間、爬虫類と軟体動物を混ぜたような怪物だったが、弟に至っては、異世界の物質で出来た触手と肉の塊であった。
ヨグ=ソトースは虹色の球体の集合体でありながら、途方も無い悪意をほのめかすものだ。

お分かりいただけただろうか

Q.シュブ＝ニグラスってなんですか？

HPLが作品中、しばしば、「千の仔をはらむ森の黒山羊」と呼ぶ大地の女神。

HPLの書簡で雲のような姿と描写されたのみで、HPL作品では古代の大地母神として、
信仰されることがほとんどである。その後、ブライアン・ラムレイ「ムーン・レンズ」で、英国ゴーツウッドの
信仰が報告されている。日本では風見潤「クトゥルー・オペラ」で、多数の触手を持つ巨大な山羊めいた姿が
描写され、矢野健太郎「邪神伝説」では、ヒマラヤの地下に封印されている。

TRPGでは、その眷属である「森の黒き仔山羊」がよく登場するが、
これはブロック「無人の家から発見された手記」に登場する不定形の森の怪物（実際はショゴスらしい）
から生み出されたゲーム・オリジナルの怪物である。

呼び名

Q.ニャルラトテップってなんですか？

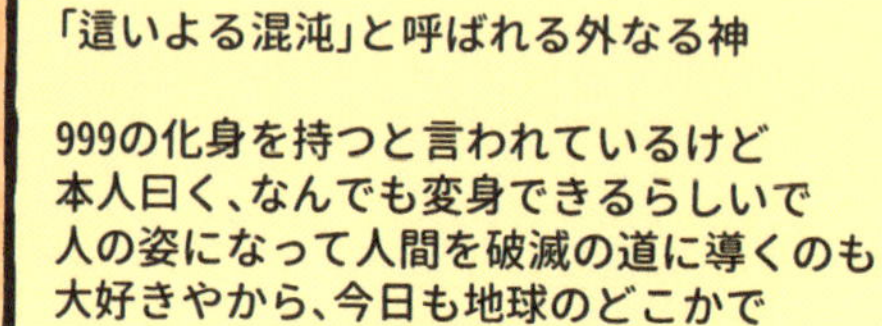

「這いよる混沌」と呼ばれる外なる神

999の化身を持つと言われているけど
本人曰く、なんでも変身できるらしいで
人の姿になって人間を破滅の道に導くのも
大好きやから、今日も地球のどこかで
這いよりながら活動してると思うで

ほとんどの旧支配者や外なる神が
旧神によって宇宙や地球のどこかに
幽閉されてる中で、ニャルはあちこち
自由自在に動き回ってるで、ええなあ

HPLが「ニャルラトテップ」、「闇をさまようもの」、「未知なるカダスを夢に求めて」などに登場させたが、全部、方向性が違っていたという謎の神格。

もともとは、HPLのエジプト幻想と科学ロマンチシズムが夢の中で結晶したものである。HPLとしては特異な異世界ファンタジー「カダス」において、千の異形を持つ這い寄る混沌と自称したため、無数のバリエーションを持つ邪神たちの代理人であるトリックスターとなった。その後、ロバート・ブロックの「無貌の神」や「尖塔の影」、オーガスト・ダーレスの「闇にすみつくもの」で拡大解釈され、皆が勝手にいじるようになった。なまこワールドでは、ダーレス版の「夜に吠えるもの」形状をもとにするが、ブロック「尖塔の影」以来、肌の黒い神父型も定番。アニメ化された『這いよれニャル子さん!』以来、銀髪の美少女もバリエーションに加わった。

診察

ウィーン
ゴホッ
ゴホッ

ゴホッ ゴホッ
カダスのニャル
なんだその斬新なマスクの付け方
ゴホッ ゴホッ
ナイ神父

ブブブ…
お次でお待ちのニャル様、どうぞー

はーーい
え…どれ…

Q.ミ＝ゴってなんですか？

地球にしかない鉱石を集めるために
ユゴス星（冥王星の呼び名）から地球に
やって来た独立種族

虫っぽい見た目やけど、実は菌類
菌類やし、カニみたいな手は生えてるし
鍋の具材にもってこいやな

鉱石集め以外の趣味は、気に入った生物の
脳みそを取り出して脳缶と呼ばれる保管器具に
詰めてコレクションすることやで

彼らの科学技術は凄くて、脳缶に
入れられた生物は、脳みそだけの
状態になっても生きてたりするで

HPL「闇にささやくもの」および「ユゴスの黴（かび）」に登場する知的な宇宙種族。

暗黒星ユゴスからやってきた宇宙人で、菌類に近く、「ユゴスよりの菌類」とも呼ばれる。甲殻類のような胴体に一対の大きな背びれ、もしくは被膜の翼と、何対かの関節がある手足が生えている。通常ならば頭のある場所には渦巻状の楕円体があり、その表面にはごく短い触角のようなものが無数に生えている。両足は虫のように2本に分かれている。通常は人間の目に見えない。

地球には地下資源の採掘を目的に侵入しており、光線銃や、取り出した脳を保存し、生かすことの出来る円筒状の機械など、高度なテクノロジーを保有する。彼らの存在は何者かによって、秘匿されている。複数の形状があり、ヒマラヤの雪男と同一視されることもある。

撮影

ミ＝ゴの特徴①
彼らはあらゆる邪神を崇拝している
わい
わい
ニャルさま写真とりましょー
パシャッ

キャー
お写真、出来ました

ミ＝ゴの特徴②
彼らは写真に写らない

HPL「時間からの影」に登場する古代種族。

時間の理を解き明かし、精神を時間の彼方に送り出してその時間の種族のいずれか一体と精神を交換し、一時的にその肉体を乗っ取って、調査を行い、研究している。その間、もとの精神は偉大な種族の肉体に入り、彼らの都市で生活する。調査の際には一定期間の後、精神交換は終わるが、その時代での破滅が予測されると、未来の種族の精神を乗っ取って移住する。

偉大なる種族はそうやって、何度も、肉体を捨て去って、未来へと移住し続けてきた。
「時間からの影」で言及される円錐形の種族は、現在のオーストラリアの古代に生きていたが、飛行するポリプとの戦いに敗れることが分かり、彼らはさらなる未来、人類滅亡後の甲虫種族へと移住していった。

暑さ対策

ふにゃー
夏のオーストラリアは
暑いニャー
ジーーワ
ジーーワ
ですねえ～

ちょっと失礼
バッ

ふう・・・
これで少しだけ
涼しくなりました

え・・・
見てはいけないものを
見てしまった気がした

Q.飛行するポリプってなんですか？

6億年前に地球と4つの太陽系の惑星を侵略
していた独立種族

風を操る能力を持ってるから、もしかしたら
ハスターの奉仕種族かも知れへんな

地球にやって来た彼らは、窓の無い塔を
建築して暮らしていたけど、その時代にいた
円錐型生物にイスの偉大なる種族たちの精神
が乗り移り、見事にケンカが勃発

負けたポリプたちは、イスによって洞窟に
閉じ込められてしまったんや・・・

あ、「盲目のもの」とも呼ばれてるから
身体に付いてるのは目じゃなくて模様やで

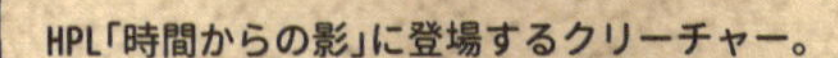

HPL「時間からの影」に登場するクリーチャー。

半ばポリプ状の巨大な全く異質な先住民族体で、視覚を持たないが、すぐれた知覚を備え、風を操って空を飛び、姿を消すことも出来た。部分的にしか通常の物質では出来ていないため、我々とは思考や認識そのものが異なっている。

6億年ほど前に太陽系に飛来し、イスの偉大なる種族が精神移住する先である円錐形の生物を圧迫していたが、偉大なる種族の移住によって体制を革新した彼らにより、オーストラリアの地下に封じ込められた。その後、五千万年ほど前に、地下から解き放たれ、円錐形の種族を滅ぼしたが、すでに偉大なる種族の精神は未来に移住した後だった。彼らは地下の暗黒世界に安住しており、この縄張りを侵す者には激しく攻撃する。

うらぎり

ヒソヒソ
ニャーニャー、ポリプはイスたちは実はガリガリって知っていたのかニャ？

やーい、ガリガリ〜

スゥ…
飛行するポリプは透明化する事が出来る

スチャ…
バッ

Q.チャウグナル・ファウグン ってなんですか？

ちょっと前まで、地球に暮らしてた
象さんのような見た目の旧支配者

普段は、座禅のようなポーズのまま
じっとして動かへんけど、お腹が空いたら
近くにある生贄の血を吸うために動くで

姿が似てる兄弟と一緒にピレネー山脈で
暮らしてたけど、喧嘩別れして色々あって
メトロポリタン美術館で石像として飾られてた
でも、正体がばれて最終的になんか凄い装置で
人間たちによって時空の彼方に飛ばされたで

ついでに、彼のサイズは体長1.2メートル
ギュッて抱きしめたくなるサイズ感やな

フランク・ベルナップ・ロングが「恐怖の山」で生み出した神格。

中央アジアのツァン高原からアメリカにもたらされたチャウグナル・ファウグンは象に似た頭を持つ人間の姿をした邪神で、昼間は高さ1.2メートルほどの石像にしか見えないが、夜になると、その鼻を伸ばして、生贄から血をすする。元々はピレネー山脈の中に一族で暮しており、古代ローマ帝国軍とも戦ったが、予言に従い、１体だけが信徒であるミリ・ニグリ族を連れて山を降り、アジアの地に移動した。

この邪神を倒す霊能者ロジャー・リトルの回想シーンが、ラヴクラフトが1927年10月31日（ハロウィン）の晩に見た夢をそのまま流用しているのは親交深い二人ならではエピソードである

威厳

チャウグナル・ファウグン様は
いつ見ても、威厳を保った姿勢を
取っておられるなあ・・・
・・・

おっと、そろそろ
アレの時間だった
・・・
バターン

はああ～同じポーズは
流石に疲れるわ～
ゴロン

チャウグナル様、生贄を
ご用意いたしました～
シュタッ

Q.クァチル・ウタウスってなんですか？

時間を司る旧支配者で
子供のミイラみたいな姿してる

召還すると、光の柱の中から
ゆっくり降下してご登場するで

時間を司る邪神やから
「楽しかったあの頃に戻りたいな〜」とか
思った時に呼べばええと思うけど、こいつに
触られると体内時間がめっちゃ進んでしまって
サラサラの灰になってしまうで

邪神を召還するにはそれなりの
デメリットがあるよね・・・

C・A・スミス「塵埃を踏み歩くもの」に登場する神格。

悠久の時の中で干からび、朽ち果てた子供のミイラか何かのように見える。
出現すると両手両足を伸ばすが、歩くのではなく、光に沿って浮かんだまま近づいてくる。両足はにかわで固められたように伸びたままである。約1000年前の、グレコバクトリアの遺跡から発見された魔道書「カルナマゴスの誓約」に書かれた呪文を唱えることで召喚できるが、クァチル・ウタウスが触れたものは急速に時間が経過したかのように老化、経年劣化し、塵埃と化してしまう。
召喚した当人すら塵埃となってしまうのである。

ギャップ

いらっしゃいませ~
もやし

ズルルルル
グチャグチャ
ズルル
もやし

ズルルルル…
グチャグチャ
ズルル…
グチャグチャ

アイツ、むっちゃ食うやん…
もやし

Q.ラーン＝テゴスってなんですか？

丸々っとした身体に鋏のついた
腕が生えている旧支配者

はるか昔に、ユゴス星から地球にやって来て
アラスカにある石像都市の廃墟で300万年ぐらい
ふて寝しながら過ごしてたけど

ある一人の熱狂的な信者によって眠っている間に
ロンドンに運ばれた過去がある。ご本人曰く、
目覚めたら全く知らん信者が開いている
博物館に移動させられていて、めっちゃ
ビビッたらしい、そりゃそうやな

ラーン＝テゴスへの呪文は
ウザ＝イェイ！ウザ＝イェイ！（略）と
なんかテンション高めやで

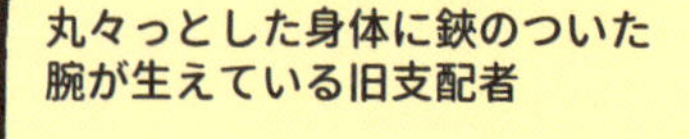

HPLがヘイゼル・ヒールドのために代作した「博物館の恐怖」に登場する神格。

胴体はほぼ球形で、カニのハサミがついた六本の手足を持ち、長い鼻が生え、3つ目が三角形に
配置された頭部にはびっしりと柔毛のような吸収管が生えている。獲物を押しつぶしてその血をすする。
「ナコト写本」の第八断片によれば、人類誕生前、北方を支配していた忌まわしい存在の一つだという。
アラスカのヌトカ河上流にある古代都市の廃墟の玉座に眠っていたが、狂気にまみれたイギリスの
蝋人形作家ジョージ・ロジャーズが発見して、自らの博物館に展示していた。現在も展示されているらしい。

ライブ

パッ
ラーン＝テゴスさまー！
キャーッ
ワァアアア アアアア

ウザ＝イェイ！
ウザ＝イェイ！

クトゥルフ
フタグン
エイ・エイ・エイ!!

ラーン＝テゴス！
ラーン＝テゴス!!
ラーン＝テゴス!!!
グラサン
みんな、サンキュー

Q.ガタノソアってなんですか？

旧支配者「ゾスの三神」長男

この子を見た者は恐ろしさのあまり
肌が石化して動けなくなってしまうで
ただ、石化するのは表面のみらしいから
石化した状態のまま半永久的に生きる事
になるから恐ろしいな

自分のおぞましい姿を見ただけで
相手が石化する事に誇りを持っている半面
「俺の顔ってそんなにやばいの」と
コンプレックスも抱えている様子

男前やと思うで

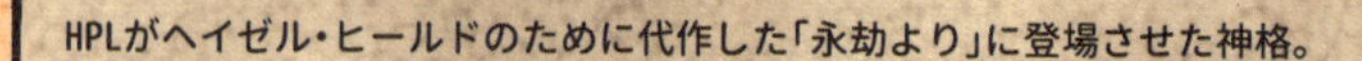

HPLがヘイゼル・ヒールドのために代作した「永劫より」に登場させた神格。

ボストンのキャボット博物館が購入した石化したミイラとともに発見された円筒内の文書、および、「無名祭祀書」に書かれた古譚に登場する。ユゴス星人の信仰した邪神、または、魔王。
ムー大陸のヤディス＝ゴー山の深い穴の底に封じられている。その姿を見たものは体の外側から石化するとともに、脳だけが永遠に生きるという呪いを受ける。ガタノトーアの復活を恐れた人々は毎年、若い男女12名ずつの生贄を捧げていた。その後、リン・カーターによって、クトゥルフの息子であるゾス三神の長兄とされた。〈山上の妖物〉とも呼ばれる。

日本では『ウルトラマンティガ』に、古代ムー大陸を滅ぼした怪獣ガタノゾーアとして登場した。

長男の悩み

はあ・・・
部屋に石化した犠牲者が増えてきたなあ

プルルー
石化した人間って燃えるゴミの日に出して良いのか・・・？
とりあえず業者を呼ぶか

ゴミ回収
こんにちはー ゴミを回収に来まし・・・
ブブブ・・・

た
ピタッ…
石化
ああ、もうっ！
片付かない

リン・カーターが「奈落の底のもの」で登場させた神格。

クトゥルフ神が地球に飛来する前に生み出したゾス三神の次兄に当たる。〈深淵のいまわしきもの〉と呼ばれる。クトゥルフをはじめ、大いなる古きもの(グレート・オールド・ワン)の一柱として、古代ムー大陸で信仰されていたが、旧神によってイエーの深淵に放り込まれ、七つの〈旧神の印〉で封じられている。ムー大陸が沈んだ後、ルルイエの一角に封印されたが、封印の中からテレパシーをもって人々の夢を騒がせ、供物を求める。南太平洋で発見された神像を見る限り、後肢は両生類のそれに似ており、水かきのある前肢を持つ二足歩行の生物で、頭部は沸き立つような偽足または触手の塊で、その中心にぎらつく単眼がある。イソグサには〈這いずるもの〉にして、不朽かつ腐朽なるウブとその末裔たるユッギャが従い、その縛鎖を解き放とうとしている。ムー大陸時代の終わりに、ガタノソア教団が台頭し、イソグサ信仰を含む他の信仰の多くが否定された。

『クトゥルフ神話TRPG』では「ユトグタ」(マレウス・モンストロルム)と表記されることがある。

次男の悩み

前触手が目にかかって
うっとうしい・・・
イソグサ兄さん
ぼくが触手を結んで
あげようか？

こんなのとか

あと、こんなのとか

アハハ
触手昇天盛り〜!!
・・・遊んでるだろ

Q.ゾス＝オムモグ
ってなんですか？

旧支配者「ゾスの三神」の末弟

ワシと同じルルイエの一角に幽閉されてる。
まだまだお子様やから遊ぶ事を第一に考えてる
常に明るい子なんやで

たまーに、兄のイソグサに教えてもらった像を
通しての信者集めで邪神的活動をしているけど
あんまり面白くないのかもう飽きてる様子。

邪神としてお父ちゃん、心配やで

あと、たまにはペットのユッギャと
遊んであげて・・・

リン・カーターが「奈落の底のもの」、「時代より」などで言及し、「陳列室の恐怖」で登場させた神格。

クトゥルフ神が地球に飛来する前に生み出したゾス三神の三人目に当たる。現在のポナペ島である〈聖なる石造都市の島〉の沖合、海底の裂溝に封印されている。ポナペ島で発見された神像の外見は、円錐形の胴体の上に爬虫類めいた楔形の頭を持つが、その頭は渦巻く長い髪のためによく見えない。髪の毛めいたものはヘビか芋虫のようにも見え、触手ではないかとされる。首の付け根のひだから４本の触腕、あるいは、足が伸びているが、それらは平べったくヒトデに似ている。

ゾス＝オムモグには、おぞましき不浄の化身ユッギャや深きものが従い、復活の術を探り続けている。

弟の悩み

悩みなんて・・・
カッ
ないっ!!

邪神だから
働かなくても良いし～
毎日、ごろごろ～
呼んだ?
ゴル=ゴロス

いくらでも
長生きが出来るから
キキ
ずっと、漫画を読んだり
ダラダラ出来るよね!
邪神伝説シリーズは
本当にお面白いな!
ポテチ

ああ・・・ぼくは何のために
生きてるんだろう・・・?
虚無…
急に深刻になるのは
やめろよっ!?

Q.クティーラってなんですか？

ブライアン・ラムレイ「タイタス・クロウの帰還」に登場する、クトゥルフの末娘。

それまで、クトゥルフには三人の息子（ガタノソア、イソグサ、ゾス＝オムモグ）しかいないとされていたが、存在が秘匿された「雌性の神格」が誕生していたことが「ザンドゥー石板」と「ポナペ経典」の研究で、明らかになった。イハ＝ントレイの深海に隠され、ダゴンとハイドラに守られた彼女は200年ごとの祭祀で守られている。クトゥルフはいつか旧神によって自らが滅ぼされる可能性を予見し、自らの〈姫〉の香き胎を経由して、再度、生まれ変わることを夢見ている。

外見はクトゥルフにてタコめいているが、三本の突き出した目、収納可能な鉤爪などを持つ。

妹の悩み

毎日、わたし一人だけ栄養バランスが整った料理で味気ない・・・
はぁ・・・
・・・

ねえねえ、クティーラ一緒にご飯食べようよ！
え・・・？

わたしがこんなお料理食べてもいいのかしら？
たまにはいいだろ
叱られそうになったら兄等のせいにすれば良い！

Q.ノフ=ケーってなんですか？

地球の北方に棲んでいた鋭い角と
六本脚のモフモフな独立種族

君臨したラーン=テゴスが、あの曲（呪文）で
盛り上がって、一緒に過ごしてたみたいやけど

あまりにもそれがうるさかったせいか
ツァトゥグァの下僕、ヴーアミ族たちが
ノフ=ケーたちを追い払った歴史があるで
（ラーン=テゴスはアラスカに移動して
そして、ふて寝についた）

HPL「北極星」に登場する、腕の長い毛むくじゃらの人食い種族。

極北の雪原に住み、古代ロマール王国を襲ったが、勇猛な戦士たちに蹴散らされた。
「未知なるカダスを夢に求めて」では、その後、ノフ=ケーによってロマール王国は滅ぼされたという。
彼らは神殿があまた立つオラトーエを征服し、彼の地の英雄を滅ぼした。HPLがヘイゼル・ヒールドのために代作した「博物館の恐怖」では、グリーンランドの氷原地帯に住む謎の生き物で、二本足、四本足、あるいは、六本足で歩き、鋭い角があるとされた。そのため、六本以上の手足があり、角を持つ白熊のような姿と考えられる。

『クトゥルフ神話TRPG』では、イタクァに関係がある謎の種族で、魔力を用いて吹雪を巻き起こすとされた。

事故

神話作家のいくつかの作品に登場する爬行する爬虫類人種。

頭部や体、尾は蛇のような生物だが、人間のような四肢を持ち、ローブを着用する。科学と魔術に通じる。
C・A・スミス「七つの呪い」に、地下で魔法を研究する種族として登場する。その他、HPL「無名都市」では、
古代に滅びた文明で今は霊体となっている。

R・E・ハワードの「コナン」シリーズでは古代のヴァルーシア王国を密かに支配していたとされるが、
HPL「時間からの影」にも登場している。クトゥルフ神話ではスミスのイメージを発達させたものが多いが、
細かい設定は各作家によって異なる。

例えば、アニメ化もされた村上慶のコミック『セントールの悩み』では、南極に住み、さまざまな超科学を
用いる蛇人間族が存在し、主人公の通う学校にも、交換留学生がやってくる。

改名

はあ…
どうしたの?
俺たちの名前おかしくね…?
えっ!?

「深きものども」だって魚人間なのに、ディープワンとかカッコいい名前じゃん!
なのに、俺たちの蛇人間って見たまんまじゃんっ!
言っちゃった…

俺たちがB級臭のしない新しい名前、考えようぜ!
お、おおー

見ろ!これが俺たちの新しい名前だ!!
メガサーペント
B級臭がすごい…

Q.アブホースってなんですか？

「宇宙の全ての不浄の父にして母」と
呼ばれている外なる神

見た目は巨大な灰色のネバネバした塊やで
他の邪神や誰に対しても興味がなくて
毎日、地球の地下世界にこもって自分の
分身を創っては潰し、創っては吸収を
ずっと繰り返してるで（ちょっと闇を感じるな）

テレパシーで人間とも会話が出来るけど
性格は結構、ひねくれていて偏屈な感じやで

C・A・スミスが「七つの呪い」に登場させた神格。

すべての不浄の母にして父なる存在で、粘着質の湾において、いとわしい分裂を永久に繰り返している。
ヴーアミタドレス山脈の遥か地の底の湿った池の中に住み、その不定形の肉体からは、奇妙な形状の
子孫たちが増殖しながら、生み出され、進化と成長を続けながら、地上へ向かって移動していく。

その一部はアブホース自身の食事となる。その異形にして混沌とした不定形の存在でありながら、
神経は細やかで、アルケタイプから生贄として送り込まれた人間を触手で精査し、内臓への負担を
理由に突き返す理性を有する。

本心

アブホースは
ツァトゥグァなどと同じ
ヴーアミタドレス山に
棲んでいる

ただ、彼はかなり偏屈な
性格なので、誰にも関わらず
分身を生み出し続けながら
静かに暮らしている

古のものたちが狂気山脈の古代都市の
建設員や戦闘員として創った奉仕種族

元々は知性がなくて、ひたすら建設作業や
家事や古のものたちと敵対してる種族たちと
戦わせるコマとして扱われてきたけど

長い年月を得て、ショゴスは徐々に
知性が芽生え、とうとう、古のものたち
からの仕打ちにぶち切れて滅ぼしかけた

鳴き声は「テケリ・リ」でめちゃ可愛い

テケリ・リ
テケリ・リ

仕事しなさい！

HPL「狂気の山脈にて」に登場する人造生命体。

超古代の地球を支配した古のものが、労働用に作り出した可変形状の生命体で、テレパシーによって支配され、必要に応じて体を変化させて工作や建設を行った。地上を移動する際は体を丸くして素早く転がる。その速度と衝突時の破壊力は列車並。海中でも自由に活動し、飛来したクトゥルフとの戦いで活躍した。最初はあくまでも道具に過ぎなかったが、やがて、自我を目覚めさせ、最終的には、自分たちを生み出した古のものを滅ぼした。現在は南極奥地で眠っているが、ある種の邪神崇拝者はショゴスを召喚する術を知っているらしい。

怒り

ブラック企業に勤めていた従業員が過労死
残業代は支払われず…

狂気山脈時代
オラ―――!!! 働けショゴスども!
テケリ・リ…
残業代・休憩なしで働け―――!!!
テケリ・リ…
テケリ・リ…

バキィ
テケリャ―――ッ!!!

Q.古のものってなんですか？

10数億年前に宇宙から地球に
やって来た独立種族

奴隷種族のショゴスを創り出して
ブラック企業も真っ青な扱いをしてたけど、
知性を得たショゴスたちの反乱やワシ含めて
他に地球にやって来た種族たちとの地球覇権
争いによって、数が減り衰退していった。

過去の過ちを大人しく反省している
みたいで狂気山脈にある石像都市で
ひっそりと新しい会社をつくる計画を
してたりしてなかったり

目指せ、ホワイト企業

タダ働きしない？

やっぱり滅べ

テケリィ…

HPL「狂気の山脈にて」に登場する地球の超古代種族。

五角形構造を持つ植物と動物の中間的な種族で、翼を持ち、宇宙を飛翔することも出来た。
超古代の地球を支配し、高度なバイオテクノロジーを持ち、(人間を含め)多くの生命体を生み出した。
クトゥルフ族やミ＝ゴとも戦い、生き残ったが、使役していたショゴスの反乱で滅びた。その後、
南極大陸で眠っていたが、ミスカトニック大学南極探検隊によって発見され、不幸な事件に発展する。

現代の人類であるホモ・サピエンスから見れば、異形の姿であるが、彼らもまた
文明を築き、生活を送り、そして滅びていった「人類」なのである。

発散

・・・むあそこで仕事を
サボっている個体が・・・
テケリ・リ
♪テケリ・リ♪

ペたペた

私たちの姿の氷像を
作っているのか・・・
可愛いじゃないか！
テケリ・リ
♪テケリ・リ♪

テケリ―――ッ!!!
ドゲシャア
ええ―――っ!?

Q.ルリム・シャイコースってなんですか？

C・A・スミスが「白蛆の襲来」で描いた不気味な存在。神格というよりも、超越的な異形の存在である。

白い蛆のような巨体を持ち、眼窩から、血まみれの赤い眼球の粒が絶えずこぼれ落ちている。
予言者リスが述べた通り、北の果てから氷の浮城イイーキルスに乗って南下してきて、ハイパーボレアの港湾都市を次々と凍らせていった。また、それぞれの地で、力ある魔道士を捕らえて支配下に置き、最終的におのれの滋養とした。魔法の眠りの中で、ルリム・シャイコースに食われた者は身も心もルリム・シャイコースの一部となる。ルリム・シャイコースは無敵の存在だが、新月の間だけは眠り込み、無防備になり、剣で殺された。

そうじゃない

Q.宇宙からの色ってなんですか？

実体のない色と光の存在の独立種族

宇宙のどこかに存在してるけど
種族を増やすときは、別の惑星に産み落とす
方法を取るで、産み落とされた子供は、身の回りに
あるものから栄養を取って成長したら、親のいる
宇宙に帰るんやで

特徴的なのは、宇宙からの色の周りに
いる昆虫や人間を含む、生物達は形が
おかしくなったり、ほのかに彼らのような
光と色を発するようになるで

HPLの同名の作品に登場する謎の存在。

1882年6月、アーカム郊外の農家、ネイハム・ガードナー家の井戸に近い場所に落下した隕石は、
ミスカトニック大学の教授たちの調査の最中にどんどん小さくなって消えてしまった。

その後、ガードナー家周辺では生態系が異常を起こし、ガードナー一家も心身に異常をきたしてしまう。
井戸の中にひそんでいた何かは、最終的に、周辺から生命エネルギーを吸い取り、奇妙な色となって
宇宙へ帰っていった。ガードナー家があったあたりは「焼け野」と呼ばれる荒廃した土地になり、
その後、アーカムの水源用ダムの建設によって、水の底へと消えた。

パワーアップ

なあなあ、変化してみたいから合体してくれへん?
え・・・いいけど

ふおおおおおお!
なんか力がみなぎってきたで~(?・)

カッ
にょきっ

どう?なんか変わった?
ああ・・・うん触手が生えたよ

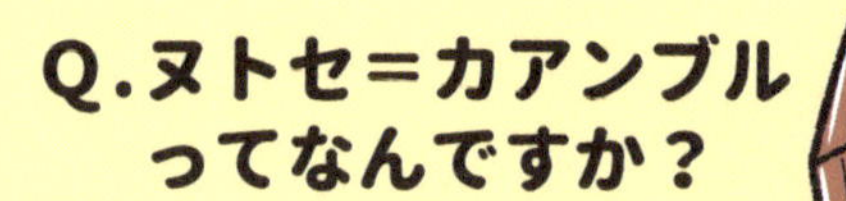

槍と旧き印が彫られた盾を持った
旧神のひとりで戦乙女

邪神のみんなを幽閉するときに
お星さんの真ん中に目があるマークの
「旧き印」を考案したのも、この人やと
言われてるで

邪神の復活を阻止する活動してる
部下の星の戦士たちにも、少し
恐れられているほど仕事に厳しい
雰囲気があるらしいけど結構、乙女な
部分もあるみたいやで

ラヴクラフトの死後、オーガスト・ダーレスが目をかけた第二世代作家ゲイリー・マイヤーズの
「妖蛆の館」でわずかに名前が言及される神格。

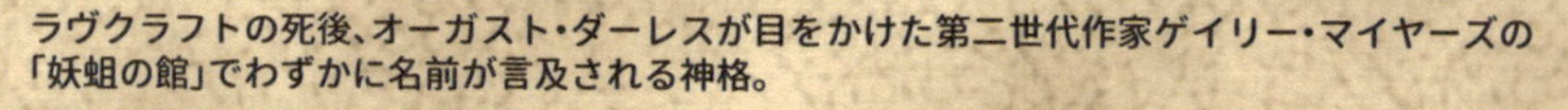

残念ながら、マイヤーズの作品はほとんど翻訳されていない。ヌトセ＝カアンブルは、自らまとう華麗な
光輝により、さまざま世界を破壊した女神の名前とされる。

邪神と戦い、打ち倒す戦の女神で、ローブをまとい、ギリシア風の兜をつけ、大きな盾と槍を持っている。
ドリームランド内部で広く信仰されている。邪神たちと戦うことだけを目的とした女神で、邪神を
封印する〈旧き印〉は彼女が生み出したものとされる。

らくがき

ヌトセ＝カアンブル
誰よりも正義を愛し、
宇宙全体にはびこる邪神たち
に恐れられている旧神のひとり

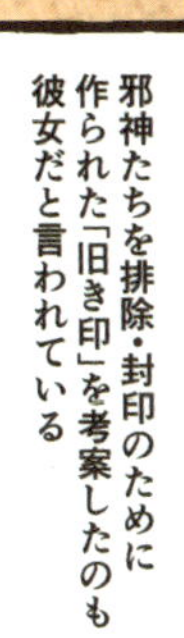

Q.バーストってなんですか？

猫の姿か、猫の頭をした女性の姿の旧神の一匹？

古代エジプトのブバスティスという都市や
ローマ帝国で崇拝されていたけど、現在は
ドリームランドで主に崇拝されているで

ヌトセ＝カアンブルと同じく今は邪神たちを
監視する立場にいるらしいけど、あんまり
仕事はせず気ままに過ごしているみたい

普段はのんびりした性格やけど
猫をいじめたりする者たちには
滅茶苦茶、怒るらしいで

バースト（バステト）は、猫の頭を持つエジプトの女神で、ヘロドトスに紹介される際に、
ブバスティスと書かれた。ブバスティスはバステト信仰の中心であった古代都市のことで、
エジプト語でペル＝バスト、アラビア語でテル＝バスタ（どちらも「バスト神の家（神殿）」という意味）が
なまったもの。

エジプト趣味のあったラヴクラフトは猫の叡智を称えるため、ブバスティスの名を上げたが、
ロバート・ブロックは「ブバスティスの子ら」で、猫神ブバスティスを血なまぐさい人食いの神とした上、
エジプトで弾圧され、信仰を禁じられた邪教徒たちが、紀元前のブリテン島コーンウォールに
逃げてきたという設定を付け加えた。

そっちのけ

…という事があり
邪神たちの動きが…
ごろごろ
地球に潜んでいる
可能性も増えて…

旧き印をさらに量産する
件ですが…
のび〜〜
量産面のコストを
考えますと…

ふぁ〜〜
ノーデンス様とクタニド様も
賛成しておりますが…

あの…
ヌトセ=カアンブル様…
聞いていますか?
バースト様も…
ええ
ZZZ
ガン見

Q.ムーン=ビーストってなんですか？

ニャルラトテップに仕えている奉仕種族

ドリームランドの月の裏側にある都市に
棲んでいるお鼻にちょろっとピンク色の
触手が生えている白い怪物やで

別名「月饅頭」…じゃなかった
「月棲獣」とも呼ばれてる

レン高原に住んでいるレン人と呼ばれる
部族を代理人にして、奴隷貿易を行ったり
三叉槍を使って弱いものいじめをするのが
趣味らしい

それにしても、もちもちやなあ
この月饅頭。

幻夢境の月に住んでいる獣のような異形の生物で、月棲獣とも言う。

HPL「未知なるカダスを夢に求めて」に登場するクリーチャーのひとつで、ニャルラトテップに仕えている。
灰色がかった白色で油っぽい大きな体をした生き物で、目のないヒキガエルに似ており、あいまいな形の
鼻づらの先に、ピンク色の短い震える触手が固まって生えている。

体の容積を縮めたり、膨らませたりできる。黒いガレー船に乗って宇宙を旅しているが、
港についても船の底に隠れたままで、人間との交渉には、奴隷であるレンの男を用いる。月に植民地を
作って暮らしており、知的生物の奴隷を使役したり、食べたり、楽しみとして拷問したりする。

吹きもどし

Q.グールってなんですか？

野犬のような顔をした亜人型の奉仕種族

地下鉄や墓場、ドリームランドなど
世界中のあちこちに潜んでるで

墓場とかで、腐った肉を漁りながら
ひっそり人目に隠れて生活してるから
あんまり害のない穏やかな種族やな

食屍鬼の神、モルディギアンを崇拝したり
地下偶像系邪神ニョグタの追っかけを
してたりするで

グールはアラビアの神話伝承に登場する死体を食らう魔物で、男女があり、女性はグーラーと呼ばれる。

死体を食べるため、日本では食屍鬼と訳されることが多い。『千夜一夜物語（アラビアン・ナイト）』の愛読者だったHPLは、「ピックマンのモデル」で、グールたちがボストンの地下に住んでおり、墓場や地下納骨堂、地下鉄路線で生き物の死体を食べて生きているとした。グールと接触していると、やがて、グールになってしまう。

グールを描いた画家ピックマンがグールとなり、「未知なるカダスを夢に求めて」でドリームランドに住むグールたちのリーダーになっている。

モデル

お絵かき楽しいな〜
ぐりぐり
なあ、俺をモデルにして描いてくれよ!
いいよ〜

カッコよく描いてくれよ!
うん〜
かきかき

2時間後
まだ?
ぷるぷる
出来た〜

はい
ぐぅぅぅぅ〜
肉ッ!!

Q.ガグってなんですか？

４つの腕と鋭い牙が垂直に並んだお口を
持った独立種族

凶悪な見た目な上に身長が６メートルもあるで
恐いものなしのように見えるけど唯一、
グールを恐れているで

「死肉を漁るグールはグロテスクで苦手」らしい
お前が言うなと思うけど、見た目と違って
意外と繊細なんかも知れへんな

元々は地上にいたけど、今はドリームランド
の地底に円柱の形をした石像都市を築いて
お花を植えながら暮らしている

地下やけど育つんかな･･･？

HPL「未知なるカダスを夢に求めて」に登場するクリーチャー。

ガグは夢幻郷の地下に住む毛むくじゃらの肉食巨人で、身長6メートルに達し、肘から二股に分かれた
両手を持っている。もっとも特徴的なのは、その頭部で、本来、横につくべき口が縦についており、獲物を
食べる場合には、顔が真ん中から左右に開く。声を出す器官を持たず、顔の表情で会話するため、
ガグ同士でしかコミュニケーションできない。

かつては、魔法の森に環状列石を築いて、蕃神と這い寄る混沌ニャルラトテップに生贄を捧げていたが、
そのおぞましい儀式を地球の神々に知られ、地下へと追いやられた。地下に巨石を用いた街を築いている。
夢見る人間を好むが、近年はガストを喰らって生きている。

プライド

Q.ガストってなんですか？

ガグの棲む石像都市近くに棲む
近所のヤンキーみたいな性格の怪物で独立種族

サイズは小さい馬ぐらいで鼻と額のない
人間のような顔をしてるで

小さいながら、凶暴でグールや
自分の数倍の身長があるガグにも
問答無用に襲い掛かる

日の光を浴びると死んでしまうから
そこんとこ夜露死苦やで

何見てんだよ

九頭流不

HPL「未知なるカダスを夢に求めて」に登場するドリームランドのクリーチャー。

光に当たると死ぬため、陽光の差し込まないズィンの洞窟の奥に住んでいる。
カンガルーのような後ろ足を持ち、素早く走り回る。馬ほどの大きさで、手には差し渡し60センチはあるだろうおそるべき鉤爪がある。肉食巨人のガグに狩られ、餌になっているため、ガグを憎悪し、逆に群れをなして襲うこともある。『クトゥルフ神話TRPG』では、HPLがヘイゼル・ヒールドのために代作した「墳丘の怪」の地下世界で家畜化されたギャア・ヨスンがガストの近縁種であるとした。

なお、英語の「ガスト」は、ゴーストに似た「幽霊など、人を驚かすような恐ろしい存在」を指す言葉であり、そのイメージが含まれている可能性もある。

プライド２

ブツブツ…
ゲヘヘ、あんなところに一匹ガグがいるぜ兄貴！

僕のほうが腕が多いのに…
ミ＝ゴを潰せなかった

手の平も大きくて四つもあるのに
潰せなかった

うわあああああああ!!
…!?
今日はそっとしとこ

HPLの初期作品「ウルタールの猫」に登場する猫たち。

幻夢境、スカイ河をさかのぼった先にあるウルタールの村には、決して猫を殺してはならないという言い伝えがある。それは、猫がアイギュプトス（エジプト）からもたらされた賢くも魔力ある生き物であり、スフィンクスの言葉すら理解するからだという。しかし、この村で猫を殺すことに取り憑かれた夫婦がいて……というダーク・ファンタジーである。デビュー前の1920年に書かれ、NAPAの会報であるTryoutに掲載された後、1926年にウィアード・テイルズ誌に掲載された。この当時、注目していた英国の幻想作家ロード・ダンセイニの影響が明らかだが、ロード・ダンセイニ自身が後年、HPLのオリジナリティを高く評価している。この猫たちはその後、「未知なるカダスを夢に求めて」で大活躍をすることになる。

きゃとるふ

Q.ノーデンスってなんですか？

HPL「霧の高みの不思議な家」や「未知なるカダスを夢に求めて」に登場する神格。

前者は、キングズポートを舞台にしたノスタルジックな幻想短編で、〈大いなる深淵の王〉ノーデンスは、あくまで、ギリシア・ローマ神話の海神ネプチューンに似た海の神とされた。もともとケルトの漁労や治癒の神ノドンスで、名前は「捕まえる者」の意味。3〜4世紀のイギリスで信仰され、グロースターシャーのリドニーで神殿跡が発見されている。アーサー王物語の漁夫王、アイルランドの銀の手ヌアザと関係がある。後者ではニャルラトテップと対抗する旧き地球の神とされ、以降、旧神の筆頭という設定が追加されていく。イルカの背に大きな貝殻を乗せ、その上に乗った、白い髭を生やした男神である。

逮捕

ヒゲがダサいぞ!
変わるか・・・

後日
ツカ
ツカ

やあ、みんなおはよう!!

誰にも本人と信じてもらえず、逮捕
わたしだ~!!!ノーデンスだ~~~!!!

Q.ウボ＝サスラってなんですか？

「自存する源」とも呼ばれる外なる神

無定形の姿の邪神で、地球上に誕生した生命体は
全てウボ＝サスラによって産み出されたとも
言われているで

つまり、人間の本当の先祖って・・・ひえ

ウボ＝サスラの周りには神々の知恵が
記されているでかい石版やガラクタやらが
ドロドロの中に埋もれていたり転がってる

ドロドロの中にしまいっぱなしにして忘れるから
邪神たちの間では、ウボさんに物を貸さない方が
ええって噂があるで

C・A・スミスが同名の短編で創造した神格。

ウボ＝サスラは始原（はじまり）にして終末（おわり）なりという意味。地球が生まれたばかりの頃から
存在し、蒸気のあがる劫初の沼地の中に住む頭手足なき混沌の塊で地球の生命体の原型を生み出した。

自存する源とも呼ばれ、地球上の生命はすべて、いつかウボ＝サスラの中に戻っていくとされる。
その周囲には星から切り出された石板が並んでおり、叡智が記されているという。その後、
リン・カーターによって、アザトースと双子の究極の存在とされ、古き大いなるものどもの親とされた。
ウボ＝サスラは、旧神の書庫から〈旧き記録〉を盗み（これが星の石板）、そこから得た力で、地球を旧神の
世界から現在の宇宙に移動させた。現在は旧神に叡智を奪われ、イクァアに封じられている。

見つかり物

ニャ〜あちこちドロドロでどこに貸した石板があるか分かんないニャー
ゴメンねぇ

ドロォ…
根暗なミカン
DVD
ん、これは…？

返却期限が20億年前のレンタルＤＶＤだニャ…

Q.シャンタク鳥ってなんですか？

ドリームランドのレン高原に近い山にいてる
鳥のような馬のような姿の奉仕種族
ニャルラトホテプに仕えてるで

人間を乗せて移動することも出来るけど
乗ってしまったらアザトースの宮殿に
直行される危険がある。本気で宇宙旅行に
連れて行かせるにはチョコレートとかあげると
喜ぶかも知れへんで

くすぐりされるからか知らんけど
ナイトゴーントが苦手で、彼らが
いる場所には近づかないように
してるみたい

HPL「未知なるカダスを夢に求めて」に登場する幻夢境のクリーチャーのひとつ。

シャンタク鳥は象よりも大きく、馬のような顔を持ち、鱗をはやした忌まわしき巨鳥で、幻夢境の北方、レン高原に近い山岳地帯に出現する。ニャルラトテップのしもべであり、カダスを目指すものにとって最大の脅威であるが、ニャルラトテップの助力を得られれば、このシャンタク鳥に乗って宇宙を旅することもできる。

ランドルフ・カーターはこれに乗って、アザトースの玉座に連れて行かれそうになった。
同じくニャルラトテップのしもべであるレン人はこれを飼い慣らして騎乗用や運搬用に用いる他、その巨大な卵を交易品にしている。なぜか夜鬼を恐れ、彼らには近づかない。

ためし乗り

Q.クトーニアンとシュド＝メルってなんですか？

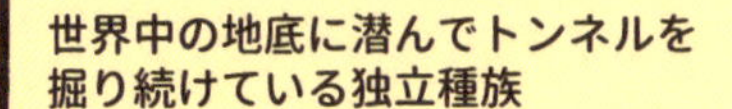

世界中の地底に潜んでトンネルを
掘り続けている独立種族

イカのような芋虫から無数の触手が生えた
姿してるで、長い年月を掛けて大きく成長した
個体はシュド＝メルと呼ばれて、クトーニアン
たちから長として崇拝されているで

あちこちにトンネルを掘ってるせいで
地震を引き起こす原因にもなってる。
クトゥルフ神話で地震を引き起こす存在と
聞いたら、真っ先に浮かぶ神話生物やな

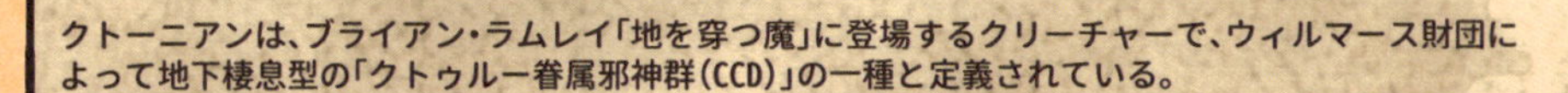

クトーニアンは、ブライアン・ラムレイ「地を穿つ魔」に登場するクリーチャーで、ウィルマース財団によって地下棲息型の「クトゥルー眷属邪神群（CCD）」の一種と定義されている。

シュド＝メルはその最長老というべき存在。中央アフリカの廃都グ・ハーンを本拠地とし、地下1000マイル近い深部に住むイカのような巨大生物で、成体になるとそのサイズは1マイル近い。アフリカをはじめ、全世界の地下に棲息しており、地殻内部の高熱にも耐えることが出来るが、水を嫌うため、島国であるイギリスや日本には存在していなかった。地底からテレパシーを使って人間を操り、自分たちのために働かせる。成虫は地震を引き起こすことができる。成虫はほとんど地表近くには出てこないが、幼虫や卵は熱に弱いため、地表近くで発見されることがある。

吹きもどし2

Q.バイアキーってなんですか？

ハスターに仕えている奉仕種族

黄金の蜂蜜酒と呼ばれる特殊な飲み物を
呑んだあとに、変な形の石笛を吹いて、ハスターを
讃える呪文を唱えたら、バイアキーがやって来て
星間飛行の旅に連れて行ってくれるで

お尻の蜂蜜酒が入っているタンクが空になると、
動かなくなるから燃料切れには注意やで

ハスターと仲良くないワシとか
その信者たちは乗車拒否らしい・・・

オーガスト・ダーレスの連作「永劫の探究」に登場するクリーチャー。

ハスターの眷属で、星間宇宙を飛翔できるコウモリの翼を持っており、人を乗せて運ぶことが出来る。これを召喚するには、ほうほうと鳴る石笛を吹き、召喚の呪文を唱えなくてはならない。また、宇宙の真空から身を守るため、あらかじめ、黄金の蜂蜜酒（スペース・ミード）を飲んでおく必要がある。

このクリーチャーは、HPL「魔宴」に登場する奇怪な飛翔生物を元にしており、そちらの描写によれば、カラス、モグラ、ハゲタカ、アリ、腐乱死体を混ぜたような何からしい。

ためし乗り2

バイアキーはどこでも
飛んでいけるのかあ〜
すごいニャ〜！
ハッ
じーーっ

うるうる
シャンタク鳥

!!!
バササッ
あああ！シャンタク鳥
ごめんニャー!!

Q.バイアティスってなんですか？

イギリスのとある古城でギルバード・モーリー
という魔術師に飼われていた旧支配者

バイアティスは与えられるごはんとお菓子の
見返りに他の旧支配者たちとやり取りさせて
あげてたらしいで

食い足りなかったのか、城を抜け出しては
地元の人間をつまみ食いしてたけど、太り
すぎて、とうとう城の部屋から出られへん
ようになったらしい

ワシもいざという時にルルイエから
出られへんかったらイヤやから
気をつけよ・・・もぐもぐ

ブロック「星から訪れたもの」で言及され、ラムジー・キャンベル「城の部屋」に登場した神格。

前者では「妖蛆の秘密」の呪文の中で「蛇の髭なるバイアティス」という記述があるとした。イグと関連があるようだ。後者ではブリチェスター郊外、セヴァン渓谷に出現したおぞましい森の怪物となり、1つ目でカニのようなハサミ、象のような鼻、その顔からは海の魔物のごとく、蛇のような髭が生えていた。
古城の秘密の部屋に封印され、バークリーの蟇の伝説の一部となっている。忘却の神とも言われ、深き者は作った神像に礼拝することで召喚できる。長き封印の間に、多数の人間を喰らい、地下室に収まりきれないほど巨大になっている。

パーティー

今日はこの三人でパジャマパーティーするで！
わ―――――い!!

お菓子食べよう
食べよう食べよう
ガサガサ
poki doki

そして、ゴロゴロタイムや～
ごろごろごろ

という事をずっとしてたら部屋から出られへんようになったねん・・・出して？
助けて
知らニャい

Q.クタニドってなんですか？

ワシと瓜二つの姿をした旧神のひとり
瓜二つやけど、目だけは慈悲深く
輝く金色をしてるで

人間に「きれいなクトゥルフ」と呼ばれてたり
呼ばれてなかったり・・・

神々の国、エリシアにあるクリスタルと
真珠の広間にいながら毎日、水晶玉を
覗いて邪神たちの動向とかを監視してる

邪神にムカついた時は、目から光の
破壊光線を放って攻撃してくるから
だいぶ厄介やで

ブライアン・ラムレイ「タイタス・クロウの帰還」に登場する、旧神の一柱。

ラムレイの設定では、ノーデンスを差し置いて、旧神のリーダーとみなされ、クトゥルフなど、邪神たちを
封じ込めたのもクタニドとされる。その外見は、清らかなクトゥルフそのものである。

ラムレイの設定においては、本来、クトゥルフとクタニドは兄弟であり、クトゥルフを含め、旧支配者と
呼ばれる邪神たちはすべて旧神の一部であったが、その強大な力に溺れて腐敗し、邪悪な存在と
なり果てたため、クタニドら旧神がこれを封印し、自らはエリシアに隠遁している。
エリシアの女神ティアニアは、クタニドの血筋を引いている。

占い

たまには今日の運勢でも見てみましょうかな
パァァァァァァ…

今日は超・ラッキー
パッ
お、良いですね

ラッキー神話生物クトゥルフ
パッ

〜〜〜〜〜!!!
ボンッ

Q.ミリ・ニグリってなんですか？

ラヴクラフトの夢に登場した種族で、フランク・ベルナップ・ロングが「恐怖の山」で取り入れた。

ピレネー山脈にいた邪神チャウナグル・ファウグンとその兄弟たちがヒキガエルの肉から小さな黒い姿の種族を作り出し、従者としたもの。その体は人間に似ていたが、話すことは出来ず、彼らの考えることはすなわちチャウグナル・ファウグンの考えそのものであった。

彼らは長年、チャウグナル・ファウグンに仕え、毎年3月1日と11月1日に異端の神事を行う。
夏になると、山を降りて周辺の村から商人と取引をするが、言葉は全く通じない。
植民都市ポンペオを巡り、ローマ帝国軍がこれらの従者を追ってピレネーに分け入って来た後、予言に従い、邪神に従って山を降り、アジアの地に移動した。

特製

ミリ・ニグリええなあ
かわええなあ〜
ぐだーー
じゃあ、特製のやつを
作ってプレゼントするよ
また送るわ

数日後
ピンポーン
お、届いたかな？

ドドーーン

クーリングオフって
できますか？

Q.アイホートってなんですか？

白い巨体に複数の眼がついた姿をした旧支配者。もっちもちやで！

「迷宮の神」と呼ばれている通り
イギリスのセヴァン渓谷にある迷路のような構造のトンネル内に潜んでる

迷路内で人間を見つけたら追い詰めて
「家族になろうよ」と提案してくるで

断ったら、もちもちアタックで圧死する
受け入れたら、アイホートの雛を身体に植え付けられて、数日したら体から子供が食い破って出てきて死ぬ

まあ、どちらにせよ死ぬで

ラムジー・キャンベルの未訳の短編「Before the Storm」などに登場する神格。

無数の目で覆われた、巨大な楕円形で淡い青色のゼラチン状の肉体を持つ怪物で、何千本もの肉のない骨状の足で体を支えている。イギリスのセヴァン渓谷、あるいは、ブリチェスターの廃屋の地下に隠された迷宮の中に住み、そこに迷い込んだ人間に出会うと、アイホートは自分を受け入れるか、死ぬかを問いかける。人間が受け入れれば、アイホートは彼らの体に未発達の雛を植えつける。雛は孵化すると、人間の宿主の体を食い破って出てくる。「グラーキの黙示録」によれば、人類の滅亡後、アイホートの雛たちが光の当たる場所に出てきて、人類に取って代わるとされる。

『クトゥルフ神話TRPG』では、アイホートの雛の群体が人型を偽るアイホートの後裔が設定されている。

得意技

うーん・・・拾ってきた冷蔵庫、壊れたみたい
どうしようか

お困りですか？私たちが直しましょうか？
え！本当ですか？
ぞろぞろ

アイホートさん達・・・どうやって直すつもりだろ
小さい子供たちを中に入れて直すのかな・・・？
これかな？
つなげよう〜
こそこそ

とりゃー!!
ガンッ
力技!?
直りませんでした
必殺モチモチ・アタック

Q.イゴーロナクってなんですか？

手のひらに割けた口を持つ
頭のない姿をした旧支配者

堕落して素質のある人間に信者になるように
説いたりして積極的な邪神様やで

「自らは手を下さず信者に悪行を
行わされる事で世界を悪い方向に導くこと」
と「夜中に美味しそうなラーメンを食べて、
SNSに上げて見てる人に自慢すること」が
好きらしい､「グラーキの黙示録」第12巻に
ついてるシミってもしかして･･･

「イゴーロナクの子供たち」と呼ばれる
子供サイズの奉仕種族がおるで

ラムジー・キャンベル「コールド・プリント」に登場する神格。

人間の姿になることも出来るが、本来の姿は脂肪のようにぶよぶよの体を持った人型で、頭部にあたるものがまったくなく、両手の手のひらに口があり、獲物を貪り食らう。

「グラーキの黙示録」第12巻によると「クトゥルフの手先すらイゴーロナクについて口にする勇気がない」ほど恐ろしい存在だという。地の底の深淵を抜ける煉瓦の壁の向こうに潜んで、目のない従者を率いているが、一旦、その名前が世に現れると、人の世を歩むために姿を現し、邪神らが復活する時まで人の心の邪悪を喚起し続ける。「グラーキの黙示録」を手にとったものは、ひそかにその大司祭となり、その時まで輝く者と歩みをともにする。

あたらしい顔

相手の顔で
印象って決まると思います〜
印象は顔が大事?

…
ZZZ
アイホート with 雛たち

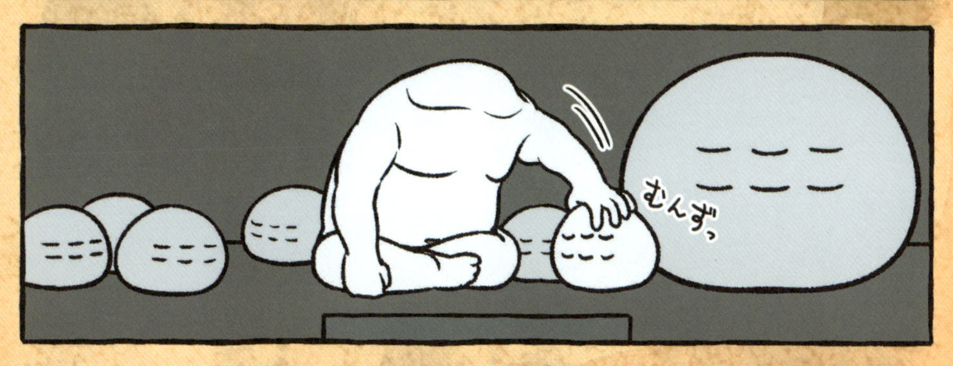

むんずっ

顔(アイホートの雛)装着 邪神イゴロホート 爆誕
!?
!?

Q.ニョグタってなんですか？

「ありえべからざるもの」とも
呼ばれる真っ黒のタール状で
不定形の姿をした旧支配者

地球にある地底や洞窟に棲んでいて
日々、地下偶像活動に勤しんでるで
魔術師や魔女だけでなくグールの
ファンたちも多いそうな

決め台詞は「あなたの心をわしづかみ」
邪神のお言葉やし、なんか意味深やな

シアエガの弟・・・え、男？

ヘンリー・カットナー「セイレムの恐怖」に登場する神格。

黒っぽい玉虫色に輝くゼラチンめいた不定形の存在で、〈闇にすみつくもの〉ニョグタと呼ばれる。
1692年頃、怪死したセイレムの魔女アビゲイル・プリンが三角形の角を持つ、虫に食われて正体の
わからなくなった神像を使って信仰していたとされる。しかるべき秘密の岩屋や亀裂を通して召喚できる。

ニョグタを退散させられるのは環頭十字、ヴァク＝ヴィラの呪文、ティクオン霊液である。
『クトゥルフ神話TRPG』では、殺傷力の高い呪文「ニョグタのわしづかみ」を連想するプレイヤーが多いが、
これは、キャンペーン・シナリオ「ニャルラトテップの仮面」で登場したTRPGオリジナルである。

ショックハート

人間を捕まえたし
信者になってほしいわ
ふーん・・・
「かわいい笑顔で相手の心臓をわしづかみ」か
邪神偶像の道

くるっ
よろしくねっ！

ギィシャアアアアァ
人間目線

チーーン…
えええ⁉
なんで！どうして⁉

Q.シアエガってなんですか？

巨大な緑色の単眼の周りに黒い触手が
生えに生えまくってる旧支配者でニョグタの兄

ドイツ、フライハウスガルテンという寒村にある
「闇の丘」の地下に封印されているで

人間の姿をした自分の分身を村に寄越して
村人たちが行う封印の儀式を邪魔して
なんとか復活しようと企んでいるけど
復活したって他の邪神から聴かへんから
まだ上手くいってないみたい

たまに目が赤いのは多分
カラーコンタクトレンズ
常におしゃれに気を使ってる

シアエガはエディ・C・バーティンの未訳の作品「Darkness, My Name is」に登場する神格で、
日本では主に『クトゥルフ神話TRPG』の設定を通して知られる。

空中に浮かんだ巨大な緑色の目として出現し、夜よりも暗い闇そのものが染み出し、やがて、触手となる。ドイツで目撃され、「主なる目」と呼ばれた。ドイツ西部のフライハウスガルテン村の外れ、闇の丘の地下に封印されている。封印は5つの石像で形成された〈旧き印〉である。ニョグタの兄弟とも言われ、魔術的な力に関係するという噂がある。

マイナーチェンジ

そわそわ
邪神偶像の道

そわそわ
どうしたの、お兄ちゃん？

フフフ、見て分からぬか我が弟よ…
？

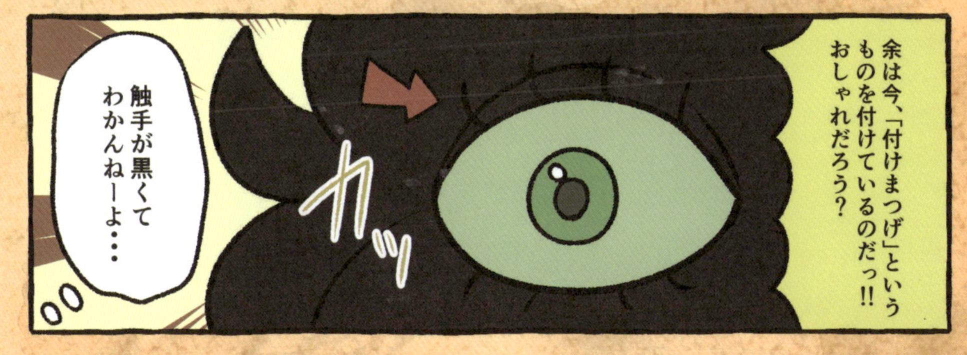
余は今、「付けまつげ」というものを付けているのだっ!!おしゃれだろう？
カッ
触手が黒くてわかんねーよ…

Q.グラーキってなんですか？

イギリス、ブリチェスター郊外にある湖の中に潜んでいる旧支配者。なめくじにトゲを生やしたような姿をしてるで

元々は、宇宙のあちこちを旅して物件探しをしていたらしいけど、乗っていた隕石が偶然地球に落下して、その衝撃で出来た湖に棲むことにしたらしい

グラーキの触手に刺された人間はゾンビ化してグラーキに仕える事になるで

ただ、最近は湖にいた人間を勧誘してゾンビにしようとしたら、トマホークで反撃されて、トラウマで信者増やしを控えているそうやで

ラムジー・キャンベル「湖畔の住人」などに登場する神格。

英国グロースターシャー、ブリチェスター郊外のセヴァン渓谷にある、隕石落下で出来た湖の底に住んでいる。精神波を送って近隣の住民に悪夢を見せる。この夢は非常に恐ろしいが、やがて、犠牲者は魅了されて湖に近づいてしまう。グラーキは、湖に近づいてきた犠牲者に、奇怪なトゲを刺して、死体をゾンビのように操る。陽光に当たると「緑色の崩壊（グリーン・ディケイ）」を起こすため、日没後にしか行動しない。グラーキは「タグ＝ラクターの逆角度」から地球にやってきたとされる。

グラーキと仲間たちは、隕石を都市化した上、乗り物にして長らく宇宙をさまよっていたが、ついに、隕石が地球に落下し、隕石内部に潜んでいたグラーキだけが一人生き残った。ゴーツウッドから来たトマス・リー率いる信徒たちがグラーキの教団を作り、湖畔に住み着いた。

触手体験

トマホーク事件がトラウマ過ぎて、棘がすべて抜けました・・・
あら・・・

試しにシアエガの抜けた触手とか付けてみる？
ドサッ

パァァァ

おおお、棘ほどではないですがこれも良いですねっ！
よかったニャー！
邪神グラエガ爆誕

Q.チョー＝チョー人ってなんですか？

スン高原の地下に幽閉されている
邪神ロイガーとツァールの面倒をみながら
活動していた奉仕種族

邪神に仕えることによって、いつか自分たちも
髪の毛がフサフサになることを信じてる。

いや、あれ毛じゃないし
シアエガの方が良くない？

邪神復活を計画してたけど
星の戦士たちにボコボコにされたで
その後は解散になったけど、今度は
北海道とかに新しい組織を作ることを
企てているそうな

オーガスト・ダーレスがマーク・スコラーとの合作「潜伏するもの」で登場させた忌まわしき双子の神格ロイガーとツァールに仕える種族。

ビルマの奥地にあるスン高原の〈恐怖の湖〉の中に浮かぶ緑石で出来た石造都市アラオザルに住む。身長は低く、4フィート（約120センチ）を超えることはない。ドーム状の丸くて髪の毛のない頭部と異様に小さな目を持つ。アラオザルに近づく者は、ぎらつく剣で皆殺しにするため、周辺の住民から恐れられていた。旧支配者の邪神たちが残した種子から発生した種族で、ロイガーとツァールを復活させようとしているが、旧神の送り込んだ星の戦士によってアラオザルは滅ぼされた。

以心伝心

チョー=チョー人の長にエ=ポウと呼ばれる7千歳を越える存在がいる
プルプル
彼はテレパシーでロイガーと通じ合う事ができる

さて、ロイガー様とツァール様は本日は何を召し上がりたいのですかな?
プルプル

ボク、チョコケーキが食べたいなあ!
兄ちゃん、ボクプリン食べたい
プルプル
なるほど・・なるほど

30分後
「激辛・麻婆豆腐」お待たせしました!
テレパシー通じてねぇ!!!

Q.ナイトゴーントってなんですか？

ドリームランドに棲んでいる
顔の無い悪魔のような見た目の奉仕種族

悪魔っぽい見た目やけど、旧神ノーデンス
に仕えているから邪神に対しては敵対精神
を持ってるで、ノーデンスに暴力的な事は
したらあかんで、と命令されているから
彼らの攻撃方法は、なんと「くすぐり」
（他に思いつかへんかったんやろうな・・・）

HPLの詩「ユゴスの黴（かび）」と長編「未知なるカダスを夢に求めて」に登場する怪物。夜鬼とも。

HPLの幼少時の悪夢を体現したクリーチャー。顔のない有翼の人型の怪物で、全体は漆黒で、
こうもりの翼とねじれた角、針毛状の突起を持つ尾、鯨の表皮に似たゴム状の体を持つ。
幻夢境ングラネクを守り、侵入者を掴み上げてはくすぐり、その後、谷に投げ捨てる。食屍鬼（グール）とは
同盟関係にあり、彼らを乗せて飛ぶこともある。ノーデンスに仕える奉仕種族である。

ラヴクラフトが幼少時に見た悪夢に基づく存在で、5歳の時になくなった祖母の葬儀の暗い雰囲気、
および、祖父の書庫で見つけたジョン・ミルトンの『失楽園』に添えられた悪魔の装画（ギュスターヴ・ドレ）
が発想の元であろうと、HPL自身が書簡の中で述べている。

面会

逮捕されたノーデンスの面会にやって来た従者のナイトゴーント
・・・

爺さんの姿から美青年に変わった程度で
まさか、誰にも信じてもらえず、逮捕までされるなんて・・・

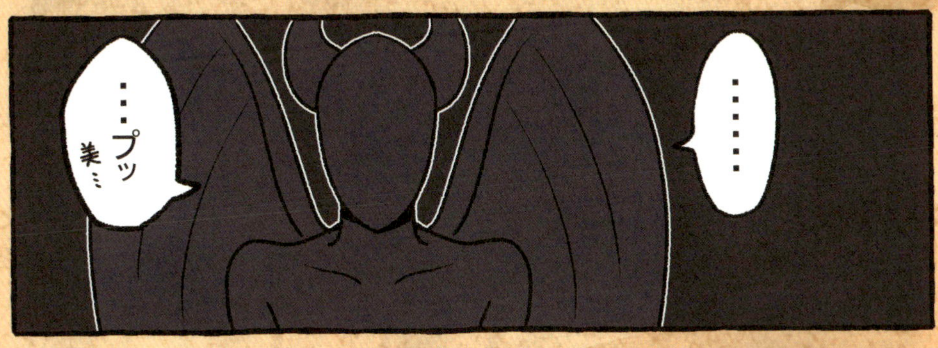
・・・・・・
・・・プッ

・・・おい今、笑ったか・・・?
わ、笑ってなんかいませんよぉ!!
顔が無くてよかった・・・!

Q.ダオロスってなんですか？

ラムジー・キャンベルが「ヴェールを破るもの」で創造した神格。

魔導書「グラーキの啓示」によれば、高次元の異星世界で信仰されている神の一種で、ユゴスやトンドの地では「ヴェールを破るもの」と呼ばれ、古代アトランティスでも占星術を司る神として崇められていた。召喚者に過去と未来を見通し、物質が高次元に達するかを理解させる。

25次元とも言われる高次元世界からもたらされた夢の結晶体で召喚でき、黒魔術の秘儀を用いた「諸次元の五芒星/ペンタクルズ・オブ・ザ・プレーンズ」でそれを捕らえ、命令することは出来るが、人間に姿を見せてはいけない存在で、渦巻きの中の姿を見ようとした場合、三次元では、高次元の存在を三次元で見ようとするだけで狂気に陥るのだ。召喚されたダオロスはカサカサと音を立てて移動し、召喚者の覚悟を知るためにその血をわずかに奪う。通常、次元の扉が深夜の暗黒の中でのみ召喚される。

しお味

ダオロス先生は召喚されると身体が膨張して太るらしいけどほんまなん？
カサカサ
本当ですよ 実は今も訳あって膨張していますが、部屋が暗いし分からないですよね(笑)

コラム
「ラヴクラフト略伝」続

HPLが多数の書簡をやりとりするようになったきっかけはこうしたアマチュア・ジャーナリズム関係の付き合いから始まったもので、その中には、回覧式の同人誌も含まれていた。
L・スプレイグ・ディ・キャンプの自伝では、少なくとも10万通の手紙がやりとりされたという。
その多くは廃棄されたが、現在でも、数千通が残り、ブラウン大学に保存されている。

1919年春、精神を病んだサラがバトラー病院に入院し、1921年5月に亡くなった。HPLは大変に落ち込んだが、同年7月、NAPAの大会で、年上の職業婦人ソニア・グリーンと出会い、1924年に結婚してニューヨークに移り住んだ。彼らの結婚生活はソニアの体調不良で危機に陥り、ソニアの転職に伴い、別居となり、HPLはプロヴィデンスに戻り、叔母のアニー・ギャムウェルらと同居するようになった。

これを前後して、HPLは、1922年に『ウィアード・テイルズ』でデビューを果たし、以降、同誌の看板作家のひとりとなるが、寡作な上、短編が多く、生前に書籍化されたものはわずか1冊だった。ソニアとの離婚後は、終生、プロヴィデンスを本拠地として活動した。1915年から文章添削を仕事にしており、そちらの方を本業と考えていた向きもある。

アマチュア・ジャーナリズムの影響で、『ウィアード・テイルズ』の作家たちとも、頻繁に文通をし、書き上げた作品を友人に見てもらって意見を求めることも多かった。

手紙で、作品のアイデアを話し合い、助言し、しばしば、お互いのアイデアを自分の作品に取り入れた。カリフォルニアに住む詩人であるC・A・スミスに幻想小説を書くように進めたり、スミスが考え出した邪神を自分の作品に登場させたりしたのもその一端である。

年取ってからデビューしたという意識のあるHPLは、19世紀英国風の文章の趣味もあり、若い作家たちの前では、老爺を演じる傾向があったが、常にウィットに富んだやり取りをした。ファンから作家になったロバート・ブロックとは直接面識がなかったものの、非常に仲がよく、ブロックが作品中で、HPLをモデルにした人物を殺してよいか質問すると大仰な許可証を作成した他、その作品への返歌というべき「闇に跳梁するもの」を書いた。1937年、腸ガンと思われる内臓疾患で入院し、3月15日に死亡した。

ブロックへの返歌が彼の遺作となったが、彼が発表しなかった作品や創作メモが多数発見された。同じく、HPLを信奉していた若手作家のオーガスト・ダーレスは、HPLの作品集を出版しようと多くの出版社に声をかけたが、よい返事を得られず、自らドナルド・ワンドレイとともに出版社「アーカム・ハウス」を興して、HPLや同世代の作家たちの作品を出版した他、HPLの創作メモを元にした死後合作を執筆した。ダーレスの活躍によって、HPLの作品は世に残ったと言える。

魔導書と物語の舞台

…ところで
おはぎ君、君はいったい
誰なのかニャ？
おはぎじゃありません！
ぼくはヨグ＝ソトース様の
僕のバグ＝シャースです！

Q.ネクロノミコンってどんな本？

クトゥルフ神話の中で登場する
一番、有名な魔導書やで

狂えるアラブ人、アブドゥル・アルハザードが
西暦730年ごろに書いたらしい

色んな邪神について幅広ーく書かれている
ありがたい本やけど、そんな本や写本が出回るのは
まともな人間が許すわけがなく、昔は取り締まりの
対象になったんや

でも、大丈夫。今はアマ＝ゾンとかの
通販サイトで普通に購入できるで

気軽に邪神が召喚できる、ええ時代やな！

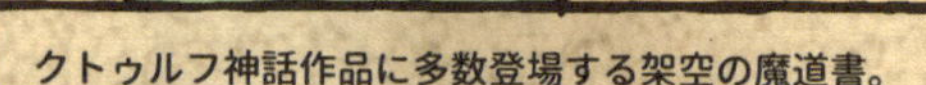

クトゥルフ神話作品に多数登場する架空の魔道書。

7世紀頃、サナアの狂える詩人アブドル・アルハザードが書き残した魔道書「アル・アジフ」がラテン語に翻訳されたタイトルで、「死霊教典」などと日本語訳される。アジフとは、アラビアで魔神の吠える声と考えられた、夜に虫の鳴く不吉な声のこと。HPLが『無名都市』で二行詩を引用した後、クトゥルフ神話について調べる際の典拠として、活用した架空の魔道書で、HPLに習い、仲間の作家たちも自作に取り込み始めたので、1927年末までに「ネクロノミコンの歴史」という設定メモを作成した。
彼の仲間たちや後継作家がネクロノミコンを便利に使い、さまざまな言語や形態のネクロノミコンが誕生した。「イスラムの琴」など別の題名のネクロノミコン派生本も多く、現実の世界でも、ネクロノミコンを再現した本が複数、作られるに至った。

Q.エイボンの書ってどんな本？

ハイパーボリアの魔術師エイボンに
よって書かれた魔術書

エイボンは邪神ツァトゥグァを
崇拝していて、身の回りのお世話をしていた
ツァトゥグァに関わる事なら、なんでも書いてる
ツァトゥグァの出身星とか、家族構成とか・・・
邪神のプレイベートな事ごりごりに書いてる
エイボンの熱の方が恐い気もするな

ツァトゥグァ以外の<その他邪神>の事も
まあ・・・多少は書かれてるで

C・A・スミスが創造した架空の魔道書。

ハイパーボリアにいた大魔道士エイボンが残した魔術的な記録である。超古代から伝わるもので、あの「ネクロノミコン」にすら存在しない暗黒の秘儀や邪神たちの秘密が書き残されている。スミスは中世南仏にあったアヴェロワーニュを舞台にした幻想短編にも、同書を登場させ、「象牙の書」と呼んだ。その後、リン・カーターがHPLにならって、「エイボンの書の歴史と年表について」を執筆した。また、リン・カーターの遺著管理人であるロバート・M・プライスが「エイボンの書」に関する短編を集めて、『エイボンの書』を刊行した。

Q.屍食教典儀てどんな本？

1702年ごろにフランスでダレット伯爵
によって書かれた色々とアウトな本

どんな内容って、もうタイトルみたら
分かるやん・・・。ピー（規制音）な方法で
死んだ人を食べたり、ピー（規制音）をしながら
死んだ人を食べたり、ピー・・・（略）

グールにとっては必読本らしいで
（強引に終わる）

フランスの貴族ダレット伯爵が18世紀の初めに書いたとされる忌まわしい書物。

原題が「Cultes des Goules（グールのカルト）」というように、食屍鬼（グール）と名乗る異端者たちと
その教団が抱える異端の秘密が描かれているとされる。魔術書としても価値があり、読むことで、
グールの言葉が分かるようになるという。グールを愛したロバート・ブロックが創造し、その後、HPL、
ダーレスが用いた。もともとはこの三人の文通の中で生まれたアイデアで、ダレット伯爵はダーレスの
祖先という設定になっている。フルネームには二つの説があり、フランソワ＝オノール・バルフォアの場合、
1703年前後にフランス語版を著し、1724年、隠遁先のアルデンヌで奇怪な死を遂げる。
ダーレス自身は自分のホームズ・パスティーシュの中で別の名前に言及している。

Q.水神クタアトってどんな本？

著者不明

タイトルのお察し通り、クトゥルフや
深きものども、ダゴン、ハイドラなどなど
水系の邪神と眷属に関して書かれた魔導書やな

そして、グロテスクな人皮装丁本

本を手に取って「お、さすがタイトルに水が
付いてるだけあってなんか湿ってるな～」と
思うかもしれへんけど、この魔導書は湿度が
下がったりすると表面に汗をかくと言われてる

だから、ただの汗やで、それ

ブライアン・ラムレイが創造した魔道書で「深海の罠」、「妖蛆の王」、「縛り首の木」などで言及されている。

ラテン語版は、人の皮で装丁されており、さわるとしっとりとしている。
著者の名前は知られていない。このラテン語版は、世の中に3冊しかなく、大英博物館に1冊、もう1冊をタイタス・クロウが所持し、残りも英国にあるとされている。ラテン語名に基づき、「クタート・アクアディンゲン」とも呼ばれる。ポナペ島の深き者など水中の生命体や怪異を研究した本で、ダゴンとハイドラの存在にも注目している。クトゥルフやオトゥームなど、水の神々を招喚する魔術を解説している。
原典はゴート語とルルイエ語で書かれているとも言われる。

Q.無名祭祀書ってどんな本？

フォン・ユンツトによって書かれた魔導書
「黒の書」とも呼ばれてるで

1893年にドイツで発売されたけど著者が
密室で変死したので、即座に発行禁止になった

邪神の事だけじゃなくて、世界各地の秘密教団
に関することが書かれてるっぽい

あと、黒の書って言われているだけあって
表紙は黒いし、鉄の装丁されてるから
カッコええな〜

お、黒の碑とゴルちゃんが載ってる
・・・表紙と中身のギャップの差！！！

ロバート・E・ハワードが創造した魔道書で、「黒の碑」などに登場する。

ドイツ人の神秘学者フォン・ユンツトが世界を遍歴する中で、見聞きした怪異な現状や状況をまとめたもので、表紙が黒かったことから「黒の書」とも言われる。フォン・ユンツトはこれを書いた後、2冊目の執筆の途中で奇怪な死を遂げた。残された原稿を読んだ友人もカミソリで喉を切って自殺した。

「黒の書」は、1839年にデュッセルドルフで初版が発売されたが、現在では6冊と残っていないとされる。オリジナルは1000ページ以上の大冊で、その多くはアサシン教団やインドのサッグ、南米の豹の結社などの各地にある秘密の教団の研究だが、古代の石碑や秘密の宗派の教典から写し取ったとされる古代文字などが含まれている。内容には「ポナペ経典」と一致するものがある。

Q.ルルイエ異本ってどんな本？

著者不明。

水神クタアトと同じく表紙は人の皮で出来てるで
あと書かれてる内容も似てるけど、注目点は
クトゥルフ教団の活動拠点が書かれてたり、
深海都市ルルイエを訪れた際に必ず見てきた方が
良いスポットの情報や歩き方が書かれてる

簡単にいえば、「る〇ぶ」やな

クトゥルフ信仰に関する異端の書で、原題がThe R' lyeh Textであるため、「ルルイエ文書」と書かれることが多いが、『クトゥルフ神話TRPG』では異本と表記する。オーガスト・ダーレスが生み出した魔道書で、「ハスターの帰還」において、アーカム在住の好事家エイモス・タトルが中国人から10万ドルで購入したものが登場する。現在の価格で言えば、1億円以上になる。タトルの持っていた版は人の皮で装丁されていた。このエピソードをもとに、紀元前300年頃の粘土板が原典で、その後、中国語に翻訳され、ここから派生したとされる。

「永劫の探求」に登場したミスカトニック大学のラヴァン・シュリュズベリイ教授は、本書を元に、原始時代の神話に関する論文を執筆した。

Q.セラエノ断章ってどんな内容？

クトゥルフをはじめとする邪神たちの事や
旧き印のデザイン案とか載ってる石板の内容を
どっかの黒メガネのおっちゃんが書き写した小冊子

その石板群はハスターの支配地のひとつ
セラエノ大図書館にあるで

昔、ウボさん（ウボ＝サスラ）が旧神の世界にある
図書館から何個か盗んで（ご本人曰く、「借りた」）
旧神がキレたと言われてる。

図書館にある本はちゃんと返さなあかんで
邪神やけど、たまにはまともな事いうやろ？

なんか、猫のラクガキが載ってる・・・

オーガスト・ダーレスが創造した邪神に関する資料論文。

「永劫の探求」に登場したミスカトニック大学のラヴァン・シュリュズベリイ教授が、牡牛座の
プレアデス星団に所属する恒星系セラエノにある神々の大図書館にある石板の文言を英語に翻訳し、
まとめた二つ折り形式の小冊子。ミスカトニック大学図書館に収蔵されている。セラエノ文書という場合、
セラエノの大図書館にある神々の秘密を書き記した石板群を指す。

旧支配者たちが旧神から盗み出したもので、人類が絶対に知ることの出来ない暗黒の神々の秘密や
超古代の知識が記されている。セラエノは、実在の恒星であるが、近年はもとになったギリシャ神話の
女神ケライノー（「黒い女」の意味で、ハルピュイア三姉妹のひとりにもこの名前が与えられている）に従い、
ケラエノ、ケレーノと発音する人もいる。

Q.妖蛆の秘密ってどんな本？

1542年にルートヴィヒ・プリンという
錬金術師によって書かれた魔導書

黒い表紙で鉄の装丁が・・（あれ、デジャヴ）
本の内容は父なるイグ、暗きハン、蛇の髪持つ
バイアティスなどの蛇神たちについて書かれてる。

あと、何故か知らんけど召喚されたら血を
飲むだけ飲んで宇宙にさっさと帰る星の精に
ついても書かれてるで

主に、ロバート・E・ハワードの作品に登場する魔道書で、ベルギーの高名な魔術師ルドウィグ・プリンが獄中で執筆した。彼の旅行見聞録を含む忌まわしい記録で、前半は死霊などの怪奇現象に触れ、後半はプリン自身が見聞きした中東地域の忌まわしい風俗などを解説している。

特に、「サラセン人の儀式」の部分では、エジプトの神々の背景にある忌まわしい秘密に触れ、ニャルラトテップの他、ワニの神セベクにも触れている。

その成立や設定の製作にはHPLやC・A・スミスらとの文通内容が大きく影響しており、クトゥルフ神話にエジプト神話を取り込むために大きな役割を果たした。プリンは1541年に捕縛され、獄中でこの本を書いた後、処刑されたが、その後、1542年にベルギーで印刷された。即座に教会から焚書を命じられ、20世紀には15部しか残っていないという。

Q.グラーキの黙示録ってどんな本？

1842年にイギリスで、邪神グラーキを崇拝する
カルトによって、書き継ぐ形で出来た複数ある魔導書

内容はグラーキ、バイアティス、イゴーロナクと
イギリスで活動してる神話生物の事とか書かれてるで
ついでに、第12巻を読むと自動的に呪文がかかって
イゴーロナクが召喚される、なんやそのトラップ

グラーキの黙示録のコピー本は信者のだいたいは
持っていて、続きを熱望されてるみたい

新刊まだですか？

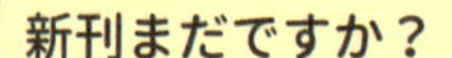

ラムジー・キャンベルが創造した魔道書。初出は「湖の住人」で以降、キャンベルの作品で用いられた。

イギリス南東部ブリチェスター地方セヴァン渓谷の湖の底に隠れ住む邪神グラーキを崇拝するカルトが
19世紀半ばに誕生し、この信徒たちが異界の事柄について、ノートに書き継いでいったもの。1865年頃、
教団から持ち出され、不完全な9巻本が作られたが、この時点で11巻あったとも、後に書き継がれて
12巻以上あるとも言われる。少なくとも、「異次元通信機」では生きている異次元の音のような種族
スグルオ人に言及した海賊版9巻が、「コールド・プリント」ではイゴーロナクに言及した第12巻が
登場しており、その一部は古書店や大学などに流れていたようだ。
ある時期、ブリチェスター大学にあったとも言う。

Q.ナコト写本ってどんな本？

著者不明。

もともと、何書いてるか分からん本やったけど
北極圏にあるロマール国の民が人語に翻訳した

ロマールの民がノフ＝ケーに滅ぼされたあと
最後の1冊がドリームランドに持ち込まれて
今ではウルタールの古のものどもの神殿にいる
僧侶アタルが保管しているらしいで

イスの大いなる種族、イタカ、ラーン＝テゴス
など、謎チョイスの神話生物の事が書かれてる

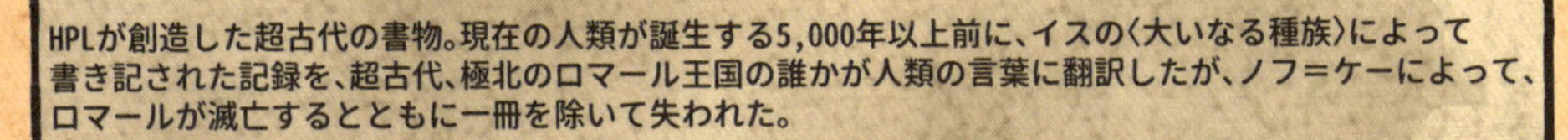

HPLが創造した超古代の書物。現在の人類が誕生する5,000年以上前に、イスの〈大いなる種族〉によって書き記された記録を、超古代、極北のロマール王国の誰かが人類の言葉に翻訳したが、ノフ＝ケーによって、ロマールが滅亡するとともに一冊を除いて失われた。

最後の一冊は幻夢境のウルタールの寺院にあるとも、バルザイが所有していたとも言われる。
そこには、〈大いなる種族〉やツァトゥグア、カダスに関する手がかりが書かれているという。
完全なものはこの一冊だけだが、一部だけを書き写した写本や断章がいくつかの場所に存在しており、プロヴィデンスの〈星の智慧派〉の本部跡にも一冊存在していると言われる。

ミスカトニック大学に収蔵されているのは、ギリシャ語版の「ナコティカ」からの英訳とされる。

Q.アーカムってどんな場所？

マサチューセッツ州にある港町

邪神狂信者が住みたい街ランキングNo1
たぶん毎日、どこかしらで神話的事件が発生して
誰かが発狂してるからアーカム精神病院には
たくさんの人間が収容されてるみたいやで

郊外に隕石が落ちたり、洪水が起きたり
病気が流行したり、そしてワシの怒りで
三日間、暴風地震雨あられを起こしても被害が
大きく出ただけで何故か滅びへんかった

ネクロノミコンも置いてる
ミスカトニック大学が有名やで

HPLの作品の舞台としてたびたび用いられたマサチューセッツ州の港町。

魔女裁判で有名なセイラムと、HPL自身が住んでいたプロヴィデンスをモデルにしており、古き良きニューイングランド地方の古都の風情を残している。街には植民地時代からの伝統を受け継ぐ、切妻屋根の屋敷が残っている。

市内には、ミスカトニック大学があり、多くの神話作品の舞台となっているが、これはラヴクラフトが住んでいたプロヴィデンスにあるブラウン大学をモデルにしている。坂の多い市内には、古い教会が残っている。魔女裁判で有名なセイラムからほど近い場所にあり、魔女裁判を逃れた「本物の魔女や魔法使い」がこの街に隠れ住んだという伝説が残されている。

Q.インスマウスってどんな場所？

インスマウス面した住人や深きものどもが
住んでる廃れた漁村。

ギルマンハウスという小さなホテルと
「ダゴン秘密教団」とデカい文字で
書かれた協会とコンビニがいっこある

日本にも似たような名前の町があって
とある有名な日本人俳優が村を訪れて、
深きものどもによる厚い「おもてな死」を
受けそうになったお話があるで

HPL「インスマウスの影」の舞台となるマサチューセッツ州エセックス郡のマニューゼット河の河口にある寂れた港町。かつては造船や海運業で賑わっていたが、米英戦争以降、衰退したため、交易船の船長だったオーベット・マーシュが南洋から持ち込んだ海の邪神ダゴンへの信仰の拠点となる。

ダゴン秘密教団と呼ばれるこの宗派に強制され、漁獲や黄金と引き換えに、深きものとの交雑を行った結果、ほとんどの住民は忌まわしい外見の混血となり、魚めいた外見からインスマウス面と呼ばれた。

1927年に、FBIと米軍の共同による強制捜査が行われ、多くの住民が隔離された上、「悪魔の岩礁」と呼ばれる沖合の岩礁に魚雷攻撃が行われた。現在の状況は、取り上げる作品によって異なり、現在でも隔離されている、何かの実験場になっているなどの説がある。マサチューセッツ州ニューベリーポート、グロースターをモデルにすると言われている。

Q.狂気山脈ってどんな場所？

南極奥地にあるでっかい山脈のことやで

古きものどもに命じられてショゴスが
建築した超古代文明都市の遺跡がある
今は生き残った古きものどもと徘徊する
ショゴスたちと目が退化した白いペンギン
がよちよちしながらウロウロしてる

人類未踏の土地やったけど、1930年代に
「ミスカトニック大学南極探検隊」が発見
探索の途中で、たまたまショゴスに遭遇し
追いかけられて全力で逃げていったで

HPL「狂気の山脈にて」に登場する南極奥地の超大型山脈地帯。

ミスカトニック大学南極探検隊が発見した。超古代の南極には、植物と動物の両方の特色を持つウミユリ型の種族「古のもの」が、地球で最古の文明を築き、優れたバイオテクノロジーで、人類を含む多彩な生命体を生み出した。その後、彼らは自分たちの道具として生み出した軟体生命体ショゴスの反乱によって滅亡し、恐怖山脈の内部にある彼らの都市遺跡の奥には今でもショゴスが残っている。

ブライアン・ラムレイ「狂気の地底回廊」によれば、狂気山脈自体が古のものの技術で転移させられたため、現在では南極に存在しないという。

Q.無名都市ってどんな場所？

イラク・クウェート付近の砂漠にある
幻のような都市

都市全体の天井が低くて、這って歩くワニ
みたいな生物が暮らしてたみたいやで

昔はクトゥルフ崇拝が流行ってたらしいけど
今は誰もいなくて勝手にハスターの領域に
なったみたい

…え、初耳なんやけど
（まあ、誰もいないならええか）

せまい〜

HPLの同名の短編に登場する伝説的な地下都市。アラビア半島南部、ルブアルハリ砂漠のどこかに
存在するもので、イスラム教の聖典「コーラン」において、アッラーの怒りによって滅ぼされたという
円柱都市イレムと同じものではないかと考えられる。

その地下への入り口は非常に天井が低いもので、人間は立って歩くことが出来ない。
残された壁画によれば、この都市の住民は人間ではなく、四足で歩く爬行種族であるという。
彼らは滅び去ったが、実はそうではなく、霊体になって生き残っているとも言う。

魔道書「ネクロノミコン」にある「そは永久に横たわる死者にあらねど、測り知れざる
永劫のもとに死を超ゆるもの」は、彼ら古代の爬虫類人種のことを指すとも言われる。

HPL「ダンウィッチの怪」の舞台となったマサチューセッツ州の辺境の村。

アーカムから西へ向かってアイルズベリー街道を通ってマサチューセッツ州北部を旅する者は、ディーンズ・コーナーズを越えたあたりで道を誤ってしまうと、丘を登り、滅びかけた辺境の村へと迷いこんでしまう。それがダンウィッチである。なだらかな丘に農家が点在し、その向こう側には先住民の遺跡があるセンティネルの丘とラウンド山が見える。ここの住民だった老ウェイトリーは魔術師の末裔で、白化症の娘ラヴィニアを使って異世界の邪神ヨグ=ソトースの落とし子を顕現させたが、ミスカトニック大学のアーミテージ教授らによって、滅ぼされた。

Q.ルルイエってどんな場所？

深海に沈んでるクトゥルフのおうち

地球に来た時に35億年ローンで建てた
念願のマイホームで今は、ダゴンや眷属たち、
イソグサやゾス＝オムモグといっしょに
暮らしながら眠ってるで

異常かつ非ユークリッド幾何学的な
外形してるから気が狂うかもしれへんけど、
よかったら遊びに来てな〜というか
封印から復活させて下さい

ルルイエは、HPL「クトゥルフの呼び声」に登場する古代都市で、海底に沈み、クトゥルフが封じられている。南緯47度9分、西経126度43分の場所に沈んでいるとされ、イースター島の沖合とされるが、「クトゥルフの呼び声」では、ルルイエらしき古代都市が南洋ポナペ島の沖合に浮かび上がっており、西経と東経が誤っているのではないかとも考えられる。

古代ムー大陸の都市とされ、ユークリッド幾何学では説明できないような、狂ったような曲線と角度で形成された巨石建築物が濡れた粘液やおぞましい海藻にまみれている。ポナペ島はナンマドール遺跡で有名な島で、ルルイエのもうひとつの候補地となっている。「インスマウスの影」やダーレス「永劫の探究」ではこちらの沖合が言及されている。

Q.ドリームランドってどんな場所？

奈良ドリー･･･じゃなかった。

眠っている間に行ける幻想世界やで
「幻夢境」とも呼ばれてる

ドリームランドに行ける人間の事を
「夢見る人」と言われてるで

この世界は、様々な人種と怪物、都市があって
まあ、ぶっちゃけファンタジーな世界やけど
カダスのニャルとか結構、著名な神話生物も
暮らしてるで

HPL「未知なるカダスを夢に求めて」など、HPLのいくつかの作品で描かれた夢の中でのみ
たどり着けるもうひとつの幻想世界。

「白い帆船」、「ウルタールの猫」、「セレファイス」、「蕃神」などの初期短編で描かれた幻想世界が、
自伝的なランドルフ・カーターもの「銀の鍵」およびその続編的な意味合いでまとめられた長編
「未知なるカダスを夢に求めて」で統合されていった。夢のどこかにある階段を770段下ったところにあり、
夢見る力を持つカーターが大冒険をする。

この物語は、当時、大流行していたヒロイック・ファンタジーに対するHPLなりの試みであったが、
彼自身は作品に満足せず、しまいこんだまま、死後まで発表されなかった。

HPL「魔宴」に登場するマサチューセッツ州の古い港町。

セイラムの魔女裁判から逃れて移り住んだ魔法使いの古い一族が100年に一度、ユールの日（古代ケルトの暦で、冬至のこと。クリスマスもこれに合わせて決められた）に集まり、教会の地下に隠された空間で秘密の儀式を行う。「恐ろしい老人」が初出で、これと「霧の高みの不思議な家」では、断崖の上に、謎の家が昔からあり、それは異界へとつながっている。旧神の長であるノーデンスが通うとも言う。キングスポートは1922年12月に、ラヴクラフトが旅行で訪れたマサチューセッツ州マーブルヘッドの町をモデルにしている。この街は植民地時代の生きた博物館と言われている。

Q.クトゥルフ神話作品って どれから読めばいいですか？

これから、クトゥルフ神話作品を読もうとする場合、いくつかの選択肢があるで

HPLの作品は、東京創元社の文庫版「ラヴクラフト全集」がほとんどの作品をカバーしてるから
包括性が高くて、入手しやすいで

国書刊行会の「定本ラヴクラフト全集」も詳しいけど、現在は入手困難やな

第一世代と第二世代作家のクトゥルフ神話作品は、青心社「暗黒神話大系クトゥルー」か
国書刊行会「新編ク・リトル・リトル神話大系」でカバーされていて、近年は、ブライアン・ラムレイと
ラムジー・キャンベルなどの長編翻訳が進んでるで

21世紀になって、ラヴクラフト作品の新訳も出てて、扶桑社文庫の「クトゥルフ神話への招待」とか
星海社の「クトゥルーの呼び声」は現代的な訳文や解説を望む向きにええで！

ラヴクラフト先生の豆知識

ラヴクラフト先生　豆知識①　猫が大好き

ラヴクラフト先生は、超が付くほどの猫好きで
「ウルタールの猫」という作品では猫をいじめた人たちが
ひどい目に合うお話とか書いたりしてたで

有名な話では、ある夜にラヴクラフト先生のお膝のうえに
猫が乗って眠ってしまって、起こすのが可哀想という理由で
椅子から動かず夜を明かしたらしいで

HPLは大の猫好きで、エッセイ「猫と犬」（1926）において、猫は貴族、優雅さ、矜持の象徴であり、
あらゆる面で猫の方が犬よりも優れていると主張している。

また、自らも愛猫家で、黒猫を飼って、大変にかわいがっていた。W・ポール・クックの回想記によれば、
ラヴクラフトが死ぬ10年ほど前、ラヴクラフトが彼の家を訪れ、夜中まで話した時、ラヴクラフトの
膝の上で子猫が寝てしまった。印刷業者として働くクックは翌日の仕事に備えて、ラヴクラフト
を書斎に残し、ベッドに入った。翌朝、起きたクックはラヴクラフトが昨夜と同じ姿勢で書斎に
座っているのを見て驚いた。

ラヴクラフトは子猫を起こすのが忍びなく、そのまま一夜を過ごしたのである。

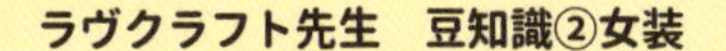

ラヴクラフト先生は、過保護のお母ちゃんが魔除けとして
幼少期の頃にドレスとか着せて女の子の恰好させてた

ネットや本に写真が載ってるけど
滅茶苦茶、キュートやから是非見てほしいで

HPLの3、4歳の頃の写真が残っており、そこには実に愛らしい金髪の子供が女の子のドレスのような服を着て映っている。後の顔の長いラヴクラフト像からは想像もつかないほど、可愛らしい幼女に見える。そのギャップに注目し、「ラヴクラフトの幼女時代」というネタで取り上げられることが多い。
これ女装ではなく、当時、流行していた子供服で、キッズ・ドレスに過ぎないという説もあるが、母親のサラがずっと女の子を欲しがっていたためという説もある。幼少時のHPLはカールした金髪とブラウンの瞳を持つかわいい子であった。

ラヴクラフト家がマサチューセッツ州のギニー家に寄宿した際、このカールした金髪を見たギニー夫人は彼を「リトル・サンシャイン（小さなお日様）」と呼んだ。

ラヴクラフト先生　豆知識③ 甘いものが大好き

ラヴクラフト先生は大の甘いもの好きで
チョコレートやアイスクリームをよく食べてたんやで

ある日、友達とアイスクリーム屋さんに行ったとき
そのお店にあるいろんなアイスをたくさん食べたらしい
今やったら31種類ある某有名なアイスクリーム屋さんのも
全部、食べてたんやろうなあ・・・

やや病弱な部分があり、早くに父を亡くして、過保護な母親から溺愛されて育ったHPLは若い頃からの偏食が強く、甘いものを好み、魚料理は嫌いだった。また、酒も一切飲まず、ビールやワインは匂いだけでもダメだった。

ニューヨーク在住の頃、人気アイスクリームの店を見つけたラヴクラフトは友人たちと店に入り、多数のアイスクリームを食べた。メニューを制覇できなかったのが残念であると書いた手紙が残っている。神経症のため、ハイスクールからドロップし、引きこもっていた時期には、町内の感謝祭のパーティへ参加する母親のサラに向かって、即興の詩を読み、「料理はいらないから、お菓子を持って帰ってきて」と頼んだほどである。

ラヴクラフト先生　豆知識④ 旅行好き

ラヴクラフト先生は病弱だったというイメージからか
引きこもりがちのインドア派やと思われるけど、実は旅好き

調査の意味も込めて、セイラム、マーブルヘッド、ボストン、
ポーツマスや遠いカナダのケベックまで訪れて、その土地の
文化や歴史を楽しんでたみたいやで

HPLには偽悪的な部分があり、残された手紙には「引きこもりの老爺」と自虐的に語る部分があるが、
実際には、多くの場所に旅した。若い頃は、過保護な母親から外出を咎められることもあり、
引きこもっていたが、母親の入院後、アマチュア・ジャーナリズムを通じて知り合った仲間との交流で、
ハイキングや取材旅行にでかけた。例えば、「魔宴」は、仲間と徒歩旅行で訪れたマーブルヘッドの
印象を元に、キングズポートという架空都市を作り上げ、書き上げたものである。

20世紀初頭で交通事情が制限されていたこと、資金の問題などがあり、ニューイングランド地方周辺が
多かったが、1935年の夏はフロリダにバーロウを訪ね、2ヶ月以上、滞在した。

ラヴクラフト先生　豆知識⑤ 文通魔

ラヴクラフト先生は作家仲間たちとの交流方法は
専ら手紙で、手紙を通じて情報交換したりお互いの作品を
見せあったり、知り合いを増やしていったんやで
その枚数はとくかく、めちゃくちゃ数が多すぎて先生
亡き後に本になって刊行されるほど

今やったら四六時中、ネット仲間とのやりとりを楽しんでる
人になっていたかもしれへんな

HPLは22歳頃から、愛読していた雑誌の読者欄に手紙を送っていた。ここでの論争をきっかけに、1914年、アマチュア作家たちの団体「ユナイテッド・アマチュア・ジャーナリズム・アソシエーション」（UAPA）に加盟し、在宅のまま、編集スタッフとなる一方で、アマチュア創作同人として活躍、全米のアマチュアと交流する。1917年にはUAPA会長にも選ばれた。当時はまだ電話代が高く、HPLは必然的に多数の相手と文通を行うようになったが、そこで書く文章も濃密で長いが、趣深い文章を葉書や書簡で送り、毎日5-10通は書いていたという。添削の仕事もあり、デビュー後も、遠隔地の友人と回覧型の小説連作を行う他、書き上げた作品を友人に回覧して意見を求めるなど、郵便ベースでの交流が彼を支えていた。その膨大な手紙の一部が回収され、そのほんの一部だけで「Selected Letters」全5巻の大冊となって刊行された。

ラヴクラフト先生　豆知識⑥ 恋愛

1921年にラヴクラフト先生はアマチュア・ジャーナリストの
大会でソーニャ・H・グリーンさんという年上の女性と出会って
1924年に結婚したんやで

その後、仕事関係の都合とかでお互いに暮らす場所が
別々になったりして、5年後の1929年に離婚
でも、お互いに友好的に分かれたから、その後も手紙の
やりとりとか贈り物を送り合ってたみたいやで

HPLは1921年夏のアマチュア・ジャーナリストの大会で出会った10歳年上の女性、ソーニャ・H・グリーンと出会い、1924年に駆け落ち同然に結婚して彼女が洋装店の店長として働くニューヨークに移り住んだ。ソーニャには前夫との娘がおり、ニューヨークでは同居していた。

しかしながら、2年後、ソーニャの仕事がうまくいかず、精神的にも追い詰められた状態で別居となり、HPLは故郷のプロヴィデンスに戻り、1929年に正式に離婚した。HPLはどちらかと言うと、年上の女性に可愛がられる傾向があり、ソーニャの前にも、年上で既婚者の女性詩人との恋愛が噂されたことがあったが、本格的な恋愛にはいたらなかった。代作を担当したヘイゼル・ヒールドはHPLに尊敬の念を抱いており、周りがくっつけようとしたが、これも成立しなかったようだ。

ラヴクラフト先生　豆知識⑦ プロヴィデンス

アメリカ、ロードアイランド州にあるラヴクラフト先生の
生まれ故郷やで、一時期、ニューヨークで暮らしていた時期も
あったけど、ほとんどはこの街で生涯を送ったで

現在は、ファンによってクトゥルフイベントが地元で開催
されてたりしてる

ゆくゆくは、ルルイエランドとかが出来たらいいなあ

アメリカ合衆国ロードアイランド州の州都である港湾都市。

都市の名前は「神の摂理」を意味し、1636年、ピューリタンと対立してマサチューセッツ州を追い出された
ロジャー・ウィリアムスが新たな開拓地として見出した際、「神の摂理によりて」という意味を込め
て名付けた。アメリカ開拓初期からの都市で、切妻屋根を持つ、植民地時代の古い建物が残る一方で、
早くから工業化され、一時期は製造加工業が盛んだった。HPLは父の入院後、ここにある母の実家
フィリップス家で育ち、以降、結婚によってニューヨークに住んだ短期間を除き、死ぬまでの大半を
この街のエンジェル・ストリート周辺で過ごした。市の北東部にあるスワンポイント墓地に葬られた
HPLの墓碑銘には「I am Providence」と書かれている。

アップロード中

ぎゃあぁあぁあ

すごい大反響ですよ！
クトゥルフさま!!

世界中のあちこちから
「画面に！画面に！」って
叫び声が聞こえてくるけど・・・
まあ、ええか・・・
今後ともよろしくやで

おわり

名状し難き「あとがき」のようなもの

初めてのＴＲＰＧ体験が滅茶苦茶に
楽しかったという事も大きかったですが

クトゥルフ

深きものども

何より「クトゥルフ」や「深きものども」など
ゲーム中にこれまで聞いたことのない言葉の
オンパレードで非常に興味を惹かれました

CALL of CTHULHU

で、その年の春休みに時間があるのをこれ良しと利用して、ラヴクラフト全集や暗黒神話体系クトゥルー・CMFシリーズなどを読み漁っていました
あと「タイタス・クロウ・サーガ」「ク・リトル・リトル神話集」なども
MALLEUS MONSTRORUM

ムフー
「作品、面白い…邪神の良さを分かち合いたい」という気持ちで友達にも広めようとしましたが
ラヴクラフト全集

ラヴクラフトおもろいねん！
『クトゥルフ神話TRPG』を教えてくれた友たち

ごめん…本を読む時間があるならTRPG遊びたい
ごもっとも

それでも「邪神の魅力をもっと広げたい」という理由で就職先を決めて（ゲーム会社）今から4年前に大阪から上京しました
今川焼
何かを受信して面接3日前に描き出したオリジナル邪神デザイン80枚の束
会社の仕事と兼業しながらの作家活動はなかなかハードな事も多すぎましたが
じーー
自室で育ててたしいたけ
最近、ワラジムシ飼い始めたねん いる？
101匹ぐらいふえたから
上京後の回想シーン
冷蔵庫に入れらな
会社に持ってきたナマコの酢の物
後輩
いらないッス
こうして本を出せて邪神の魅力を描くことが出来たので夢は1つ叶っているかなと思います
まだまだ邪神をたくさん描きたいけど！

閑話休題

「めっちゃ雑に」ですが
クトゥルフ様をはじめ、邪神たちの
色んな表情や様子を描くのは
とても楽しかったです
あと、読者の方が気になった神話生物が
登場する作品(未訳などもありますが)
を読んでいただいて
更に邪神を好きになって
頂けたら本望です
ニコリ…
最後に、本書を監修して頂き
いつも大変お世話になっている朱鷺田祐介先生
親切丁寧に担当して頂いた編集長の田村様
本当にありがとうございました!
それでは、みなさまが推しの邪神に
出会うことを祈りつつ…
いあいあ アデュー!

監修者解説

監修者より

ゆるゆるしたクトゥルフ神話の世界へようこそ！

本書は、平成生まれ！のクリエーター、海野なまこさんがクトゥルフ神話をゆるっと解説するイラストと文章の本です。「クトゥルフ神話ってなんだろう？楽しいのかな？怖いのかな？」という方から、『クトゥルフ神話TRPG』を遊んでいる方まで、気楽に読んでいただける本となっています。

自己紹介が遅くなりましたが、私は監修と解説を担当させていただきました朱鷺田祐介です。TRPGデザイナーが本業ですが、2004年に『クトゥルフ神話ガイドブック』を刊行して以来、クトゥルフ神話の解説の仕事をさせていただいております。

クトゥルフ神話は、アメリカの作家H.P.ラヴクラフトとその仲間たちが生み出した20世紀の人造恐怖神話の大系です。ラヴクラフトと仲間たちの遊び心から生まれ、ネタや用語を適当に共有してゆるやかなつながりを生み出した作品群が、ラヴクラフトの死後も自由に継承され、拡大していったものです。そこには多数の設定もありますが、本書で書かれております通り、後継作家たちやゲーム・クリエーターが後から付け加えた設定も多数あり、それぞれが自由自在に遊んでいける特殊な世界でもあります。

さらに、この10年ほどに関して言えば、日本では『クトゥルフ神話TRPG』が未曾有の大流行を見せており、TRPGと言えば、クトゥルフのことというのが、青少年のイメージになっています。そのため、クトゥルフ神話の設定に関して言えば、小説やコミックなど創作物で登場した設定に加えて、TRPG用に整理され、データ化されたものがあります。

邪神が登場した原作小説が未訳にも関わらず、ゲームの登場人物としてもてはやされている
存在すらいる状況ですが、まあ、それもエンターテイメントのサガとも言えます。
だって、ほら、みんなアーサー王が女性化され、アルトリアと呼ばれる理由とか気にしないで
楽しんでいるじゃないですか、まあ、そういう時代でもあります。少し脇道にそれましたが、
本書を通して、そんなクトゥルフ神話の楽しさに触れていただけたならば幸いです。

さて、作者の海野なまこさんは、20代半ばのゲーム・クリエーターで、
彼女は、ゲーム会社でデザイナーを務める傍ら、ゆるゆるしたクトゥルフ神話関係の
イラスト「ゆるるふ神話」シリーズで有名になり、グッズ化もされております。最初に
お会いした時は驚いたものです。こんな若い娘さん（平成生まれで、うちの娘よりも年下！）
がクトゥルフ神話好きで、神話好きが高じて、プロのイラストレーターになった挙げ句の果てに、
オリジナル・デザインのクトゥルフ本を出すとは！私が、『クトゥルフ神話ガイドブック』を
出した時には、まだ小学生だったはず（汗）。時の涙を見た。

ご自身のマンガにある通り、大学時代、『クトゥルフ神話TRPG』に出会い、そこから逆に、
クトゥルフ神話作品にハマり、神話作品多数を読破したとのこと。私が監修した
『クトゥルフ神話検定』でも三級合格者ということで、かなり濃いクトゥルフ者である。
ちなみに、この検定では第一回だったことで、一級は設定されていないので、三級でもかなりの
ものである。逆に言えば、彼女こそが今のクトゥルフ世代なのかもしれない。

そう思うと、邪神のラインナップにも理由が見えてくるというもので、今回の監修作業では、
逆に、私が勉強をさせていただきました。なるほどー、こう来るんだなあと。

これだから、世界は面白い。

朱鷺田祐介

～おまけ4コマ～
見栄

わーい！ぼくの描写に「名状し難い触手を何本も垂らすもの」って禍々しく書かれているよ！
私もこの前、小説ですごく怖い描写のされ方してたの、嬉しかったなぁ
もそもそ

クトゥルフさまー クトゥルフさまは小説でどんな描写されているのですか～？
…え？

「カッコいいタコの頭に、ドラゴンの翼を生やしているウルトラクールでスタイリッシュな旧支配者」…かな
わぁ～！流石、クトゥルフさまだなぁ！

～おまけ4コマ～
邪神合体

僕もイゴロホートやグラエガみたいに合体してみたい～！
…というわけでウボさん手伝って～！
え、ええっ!?

とりゃ――――っ!!
ぐほぉっ!!!

てて――ん
邪神ウボ＝ゴロス 爆誕

ドロドロ
…なんだかドロドロして気持ち悪いかも…
ひ、ひどい～！

～おまけ4コマ～
釈放

誤解が解けて、無事に釈放されたノーデンス
…で、邪神たちに悪口を言われたから悔しくて呪文で若返ったのですね？

あ、いや…
若返ったというより威厳があるように見えるから「爺さんの姿になっていた」が正しいかな…
ぼく、あなたより年下です

…!!?

また、「原作にない」新たな「設定」を増やしたわね…罪は重いわよ…
ユラ…
ひぃっ
いいじゃんっ⁉ クトゥルフ神話なんだから自由で!!

■参考文献一覧

●神話作品
ラヴクラフト全集 H.P.ラヴクラフト 東京創元社
暗黒神話大系クトゥルー H.P.ラヴクラフトほか 青心社
真ク・リトル・リトル神話大系 H.P.ラヴクラフトほか 国書刊行会
新編　真ク・リトル・リトル神話大系 H.P.ラヴクラフトほか 国書刊行会
定本ラヴクラフト全集 H.P.ラヴクラフト 国書刊行会
エイボンの書 リン・カーターほか 新紀元社
魔導書ネクロノミコン外伝 リン・カーターほか 学研パブリッシング
クトゥルーの子供たち リン・カーター、ロバート・M・プライス KADOKAWA
クトゥルフ神話への招待:遊星からの物体X J・W・キャンベルJr.、H・P・ラヴクラフト、ラムジー・キャンベル 扶桑社
古きものたちの墓:クトゥルフ神話への招待 ラムジー・キャンベル、コリン・ウィルソン、ブライアン・ラムレイ 扶桑社
クトゥルーの呼び声 H・P・ラヴクラフト 星海社
『ネクロノミコン』の物語 H・P・ラヴクラフト 星海社
這い寄る混沌 H・P・ラヴクラフト 星海社
黒い碑の魔人 新熊昇 青心社
アーカム計画 ロバート・ブロック 東京創元社
邪神伝説シリーズ 矢野健太郎 学習研究社
這いよれニャル子さん 逢空万太 ソフトバンククリエイティブ

●事典・資料本
クトゥルフ神話ガイドブック 朱鷺田祐介 新紀元社
図解クトゥルフ神話 森瀬繚 新紀元社
クトゥルー神話大事典 東雅夫 新紀元社
H・P・ラヴクラフト大事典 S.T.ヨシ エンターブレイン
クトゥルー神話全書 リン・カーター 東京創元社
ゲームシナリオのためのクトゥルー神話事典 森瀬繚 ソフトバンククリエイティブ
All Overクトゥルー 森瀬繚 三才ブックス
Virgil Finlay 幻想画集　青心社

●クトゥルフ神話TRPG関係
クトゥルフ神話TRPG サンディ・ピーターセン、リン・ウィリスほか KADOKAWA
マレウス・モンストロルム スコット・アニオロスキーほか エンターブレイン
クトゥルフ神話怪物図鑑 サンディ・ピーターセンほか KADOKAWA
クトゥルフ神話TRPGキーパー・コンパニオン キース・ハーバーほか エンターブレイン

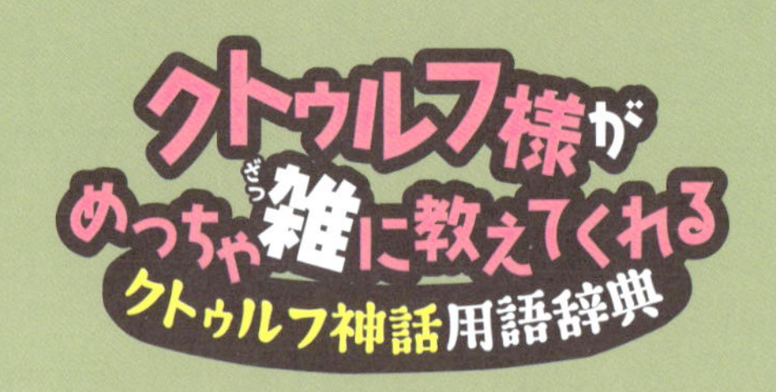

2019年 9 月14日 初版発行
2024年 8 月 8 日 5 刷発行

著者 海野なまこ（うみの なまこ）
監修 朱鷺田祐介（ときた ゆうすけ）

編集 新紀元社 編集部
デザイン・DTP 株式会社明昌堂

発行者 青柳昌行
発行所 株式会社新紀元社
〒101-0054
東京都千代田区神田錦町 1-7
錦町一丁目ビル 2F
TEL：03-3219-0921
FAX：03-3219-0922
http://www.shinkigensha.co.jp/
郵便振替 00110-4-27618

印刷・製本 株式会社シナノパブリッシングプレス

ISBN978-4-7753-1744-0
定価はカバーに表示してあります。
Printed in Japan